紫藤烂漫笑春风

ZITENG LANGMAN XIAO CHUNFENG

郭树清 ◎ 著

文汇出版社

目
录 Contents

风雨韵美

醉人的江阴风光 / *3*

重访苏州观前街 / *7*

静美的千灯之城 / *10*

恬静的高桥古镇 / *13*

楹联之乡黄桥村 / *17*

风情泰晤士小镇 / *20*

雨中赏梅逛西溪 / *23*

寻访厚朴镇旧址 / *26*

漫步弄堂新时尚 / *29*

紫藤烂漫笑春风 / *31*

迷醉如画桃花园 / *34*

古意盎然广富林 / 36

川沙老街古韵浓 / 39

秋韵古趣南翔镇 / 42

情愫心生

江海文化农家乐 / 47

江岸水畔休闲园 / 51

灵性禅意白霜花 / 54

水中茭白醉人间 / 57

冬日公园暖意浓 / 60

灵动风韵狗尾草 / 63

水兵喜爱小笼包 / 65

温馨醇香小笼情 / 67

小区四季飘花香 / 70

烂漫无名野草情 / 72

养生休闲憩栖地 / 75

心弦动人

情有独钟北外滩 / 81

有感三逛大世界 / 84

人生最美是军旅 / 87

军营重逢战友情/90

家乡美景醉心田/94

故乡野菊花情怀/97

蔬菜盆景添情趣/100

百年古树穿穿活/102

留声机里留风华/105

石库门百年史话/107

书画艺苑任翱翔/111

生活中多点微笑/113

稻花香里庆丰年/116

军风助企添活力/119

往事回味

乡间冬日晒太阳/125

捕捉黄鼠狼往事/127

忆想当年编草席/130

怀想当年十边地/132

难忘家乡小土窖/135

情怀家乡炖茄子/138

难忘当年海鲜宴/141

山林里捕羊趣事/143

想起军营过春节/146

文化补习班往事 / 149

想起旧时的升箩 / 152

清新淡雅故乡竹 / 155

难忘乡野走夜路 / 157

想起当年拔棉秆 / 160

乡愁琐忆

风吹稻浪白鹭飞 / 165

最美画卷是故乡 / 168

古韵悠悠米行镇 / 171

遥念南四溆老街 / 176

清丽优雅溆村镇 / 181

仙鹤沟旧址遐想 / 185

劳心共济旗杆宅 / 189

访高氏贞节牌坊 / 193

故乡樱花最鲜艳 / 195

浮香绕岸荷博园 / 198

崇明俗语妙养生 / 201

古法绝活棕榈笔 / 204

灶头画艺续新篇 / 207

我的堂叔郭秀士 / 210

郭秀岩坎坷人生 / 224

风雨韵美

醉人的江阴风光

　　江阴,位于长江三角洲,北枕长江,南近太湖,东接常熟、张家港,西连常州。历来为大江南北的重要交通枢纽和江海联运、江河换装的天然良港。今日的江阴,经济发达,实力雄厚,经济社会发展始终走在无锡市、江苏省前列。先后获得首批国家生态市、中国最佳经济活力魅力城市、中国全面小康十大示范县(市)、联合国人居环境奖等150多项全国及世界性荣誉。

　　初夏的江阴,阳光明媚,清风拂面,气候宜人。我们一行从上海出发,经两个多小时的路程,便来到江阴。一踏进江阴的土地,就被那蓝天如碧,樟树挺拔,木芙蓉翠青,荷花争艳,良田绿水,鸟语花香,一派生机盎然的景象所吸引。透过车窗,纵目四望,沿途河、沟、渠、塘密布,碧水悠悠,如舞动着绿色缎带,飘向远方,阵阵凉风吹来,顿觉神清气爽。望着窗外不断移动的美景,无限风光尽收眼底,分外妖娆,让人心醉神迷。

　　历史悠久的江阴,钟灵毓秀,文化悠长,物产丰饶,人杰地灵,自然风光迷人。江阴有华西村、鹅鼻嘴公园、徐霞客故居纪念馆、长泾老街、赞园、黄山湖公园、滨江要塞、江苏学政衙署等名胜景观星罗棋布，以及 370 余处历代各级各类文物遗存，95 处各级文物保护单位，4 个重大考古遗址和 20 处新发现的其他遗址。

这次来江阴，我们首先来到被誉为"天下第一村"的华西村。走进村里，展现在眼前的是池水、楼台、林木、花卉、幽幽的小径，梦一样温馨和谐。放眼望去，那一片层层叠叠的红色别墅群，与那九座高高耸立的四方形塔楼组成的塔群，遥相呼应，错落有致，逶迤绵延，组合成一幅美轮美奂、浓淡相宜、情趣盎然的水乡风景画，颇为壮观。徜徉其间，绿树环绕，碧草茵茵，繁花似锦，环境优雅，空气清新。眼下正值荷花竞相怒放，那大片的荷塘，水雾缥缈，一幅"接天莲叶无穷碧，映日荷花别样红"的图画跃入眼帘。片片的绿，点点的彩，密的，层层叠叠溢出池壁；疏的，三三两两亭亭玉立，花色娇美，红白橙黄、浓淡深浅，看得眼花缭乱，沐浴在荷香里，忘却了归路。

在华西村，我们还参观了华西金塔、钟王、龙希大酒店，以及龙西湖的仿古建筑等，粉墙黛瓦，雕梁画栋，飞檐参差，鳞次栉比，到处都散发出深厚的传统文化基因、浓郁的民俗风情和温馨的水乡风韵。轻移步，静聆听，细思量，让游客们在享受怡人风景的同时将华西村的民风、民情、民俗熏陶人们的心灵。

随后，我们来到马镇乡南肠岐村参观徐霞客故居。这里是典型的江南水乡，四围青山，一湾碧水，粉墙青瓦，阡陌纵横。这座建于明代，硬山顶结构的故居，共三进 17 间，占地面积 1000 余平方米。故居内悬挂有陆定一手书"徐霞客故居"匾额,陈列着徐霞客生平事迹,各种岩溶标本和现代专家、学者所撰论文、专著以及40多幅"徐霞客到过的地方"风光照片等。江阴刘湘和特作《西江月·徐霞客故居》词一首:"胜水桥边故址,昔时霞客之家。垂阳影里唱群娃,庭院花蹊幽雅。苦旅人生虽短,雄心志在天涯。春光秋月入霜花,魂断山河广厦。"生动地描述了徐霞客一生热爱祖国,献身科学,尊重实践的崇高品德和精神,给人以知识,启人去慧思。

徐霞客故居正厅前天井东侧庭院内,耸立着一棵枝叶繁茂的罗汉松,相传为徐霞客亲手所植,现已长大成材,至今已有400多年的历史,见证着这里岁月沧桑巨变。

从故居的大门出来,遥见一幢青灰色的建筑,黑漆的大门,门楣上镌刻着精美的砖雕。这里就是晴山堂,现在是徐霞客纪念堂,室内陈列的石刻集中了明代洪武三年(1370)至崇祯五年(1632)前后263年之间,88位名人名家为徐家撰写的墓志铭、传、序、记等共94篇,计76块石刻,为明代书法艺术的缩影,堪与"唐碑宋碣"媲美。我深为其具有如此之高的文学价值、史料价值和艺术价值而惊叹,顿起肃然敬佩之情。晴山堂后院,便是徐霞客的明式移葬墓,两旁遍植罗汉松、地柏、白玉兰等江南名枝佳卉。墓地尽头的祭台前面有一尊高2.7米的徐霞客塑像,瘦长的身影,清癯的面容,手执竹编帽,凝视着远方,仿佛历经千难险阻,风尘仆仆壮游祖国千山万水回到故乡。2001年6月,徐霞客故居和晴山堂石刻被国务院列为全国重点文物保护单位。

　　脚踏着青石铺就的甬路,欣赏着古韵悠悠的建筑,品味着散发出浓郁墨香的文字和一幅幅精美的图片,吸引着人们的目光和遐想,无不展现着厚重的人文底蕴和历史积淀。

　　晚上,在宾馆品尝江阴菜。热情好客的江阴人把一盘盘江阴特色的美食佳肴端上桌来,河豚、刀鱼、鲥鱼、银鱼、白米虾、清炖老母鸡、鹅肉芋头汤,以及粉盐豆、马蹄酥、顾山烧饼、黑杜酒等老字号名点名酒,味美鲜肥,清香扑鼻,令人食欲倍增。

　　江阴,一个美丽的城市,又是一个古老的城市;江阴,一个生态文明的旅游城市,更是一个现代化程度较高的城市,处处洋溢着特有的文化气息和繁荣发展的生机活力。

　　悠游江阴之旅,是一次收获历史文化知识的难忘之旅。江阴如画,赏者荡人心扉;江阴如史,读之启人深思……

重访苏州观前街

　　到苏州已是下午时分,入住酒店用餐已毕,我便兴冲冲去逛观前街,那是我 50 年前曾出差到访过的一条老街。

　　从南林宾馆出发,大约步行 20 分钟便到观前街,然而,眼前的情景和萦绕耳际那甜甜糯糯的乡音,让我思绪万千。记得 1967 年 6 月,我在生产大队竹器加工场工作,场里让我到苏州去采购藤皮。初次单独出远门,又是第一次乘火车,还是去苏州,我自然喜出望外。谁不知道"上有天堂,下有苏杭"呀。

　　那天从崇明坐船到上海市区后,因赶不上当天去苏州的火车,我只得在火车站附近找家旅馆暂住一晚,待第二天一早再赶火车。不料心急匆忙间,将随身携带的 400 元现金遗忘在了旅馆里。那时候的 400 元可不是笔小数目啊。幸亏后来被打扫卫生的服务员发现,送到服务台才使我失而复得,化惊为喜。那天火车到苏州时已近中午。下车后,我花了 5 毛钱,叫了一辆三轮车来到观前街上的竹木生产资料门市部。这位 50 多岁的车夫很热情,主动陪我买好藤皮,又找来绳子将近百斤重的藤皮分成四捆扎好,再帮我办理好托运手续,前后足足耽误了他两个多小时没做别的生意。我过意不去,随身摸出5毛钱向他表示谢意,他却执意不肯收。那时候的民风多淳朴呀。由于当天下午要乘5点多钟的火车赶回上海,于是我利用还剩下的一点点时间就近去逛了一下观前街。

在我的记忆里,那时候的观前街,马路是窄窄的,用粗石条铺就,街两边的民居和商店都是清一色的粉墙黛瓦,平实中透露着古趣。那时街上很少有两层以上的楼房,倒也别具一格,错落有致,给人以温馨和亲近。街上的店铺一家接一家紧挨着,商品琳琅满目,让人眼花缭乱。街上行人不多,显得安谧而清静。然而,这些古建筑、古民居,小巧别致,有的翘角飞檐,有的雕梁画栋,以及随处可见一扇扇玲珑剔透的花窗,显得和谐古朴,精美典雅,甚至一砖一瓦一窗间也流露出古色古香的时代气息。街道两旁的行道树都高大挺拔,郁郁葱葱,茂密的枝叶搭出密密的绿廊,犹如一道长长的拱门,将整条街道遮荫得严严实实,几乎不漏一丝阳光。初夏的南方虽已溽热,但走在马路上却是一片清凉,十分惬意。

苏州是江南水城,素有"东方威尼斯"之称。古城河道纵横,沿街的河埠,溪水绕街,古桥横跨,连街踵巷,人站桥头,远眺近观,风景连着风景,风韵无限。细细寻去,见那垂柳蘸水、孤客垂钓、河面泊舟,悠然自在。置身其间,仿佛穿越了时空,那极具江南水乡特色的"小桥、流水、人家"幽深宁静的水乡古镇街景,有着韵味十足的历史和人文情怀,像一首绵长的歌,更像一幅隽永的画,分外迷人,让我流连忘返,无限遐想。

但如今行走在观前街上,商铺林立,霓虹闪烁,人声鼎沸。这条有着2 500年历史的观前街已成为步行街,这里除了玄妙观还保留原貌外,几乎已找不到当年所见的痕迹了。得月楼、松鹤楼等老店招还在,但已经不是原汁原味的老铺子了。面对此情此景,浮想联翩,心头总有点淡淡的遗憾。

如今,上海与苏州已开通城际高铁动车,每天发送190班次,有的仅间隔5分钟,最快的仅23分钟即可到达,去苏州甚至比去上海郊区崇明等地还方便。可在当时,又有谁能想得到呢。

静美的千灯之城

　　千灯镇位于昆山东南15公里处,东接上海青浦区,距上海虹桥机场30公里;西邻苏州市中心35公里。千灯镇区域面积约80平方公里。千灯属太湖流域,淀泖水系,境内河港如网,溇荡棋布。千灯旧名千墩,土墩系吴越争霸时遗留下来的,两军对垒,军士为防水淹,堆土搭帐。秦统一六国后,东巡到此,登山眺望东海,后名秦望山。沧海桑田,秦望山于清末湮没。清宣统年间,千墩易名茜墩。后每逢元宵节,镇上家家户户悬灯,数以千计,得名千灯。

　　北宋南渡后,千灯居民日多,形成集市。如今古朴典雅,保持着旧时风貌。古镇狭窄,两面屋檐相对,抬头一望,成一线天。街上铺的石板始于南宋,为江南古镇中保存最长、最好、最完整的石板街,也是江南古镇历史文化的“文脉”所在。

　　春日的一天来到千灯,感觉这里有着独有的宁静与素雅。挺拔高大的古树名木,遮荫蔽日;不少江南民居建筑风格古色古香,还有那别致的凉亭、小桥、曲水、回廊,直觉阵阵古朴自然的气息扑面而来。此时的千灯,草长莺飞,阳光明媚,繁花竞放,花簇似锦,景色宜人。千灯历史悠久,古迹众多,文物遍地。行走在千灯老街,古镇悠长,阳光穿过头顶,街道两侧的古建筑,鳞次栉比,错落有致,飞檐翘角,雕梁画栋,朱红漆柱,花格门窗,玲珑剔透。街面上商铺林立,一家挨着一家,市井之民仪态端庄,颇有古风,各色店铺,各类商品,琳琅满目,游客行人,来来往往,川流不息,一派繁华热闹景象。

沐浴着春日的暖阳,来到街后曲径通幽的林荫河岸边,驻足观看,这里却是另一番景象。金灿灿的阳光映得涟漪青青的小河波光粼粼,低垂的杨柳对它微笑,红艳艳的桃花多情地扑进了小河的碧波间,娓娓地倾诉着悄悄话。这里的老房沿河坐落,家家枕水而居,户户开门见水。那河岸边行道旁的长椅上,还有各家的门口,坐着一些年长的阿婆,她们在那里有的做着各种各样的小饰品,有的在那里绣着花,有的在编织毛衣,边手里忙着边谈笑风生,脸上溢满灿烂幸福的笑容;年轻的妈妈们,抱着她的小宝宝在玩耍逗乐,欢叫声比鸟儿还热闹;还有三三两两的老者聚在一起打牌、下棋、聊天的;在河边还有垂钓者握着鱼竿在聚精会神地垂钓,其乐融融。小城的生活悠闲清雅,和谐古朴,真是让人羡慕。

走在古街上,听当地人介绍说,要是在雨天,还能别有趣味地听到潺潺的流水声,如拨琴弦,幽雅动听,这是街下的下水道遇到雨天时的流水声。然而,下水道与沿街河相通,雨停水干,从不积水,体现了古人治水的智慧和巧艺。

千灯,处处有灯,随处可见。街上有灯,塔上有灯,桥上有灯,岸上有灯,村上有灯……成为名副其实的千灯之城。千灯历经无数风霜雨雪,承载了这里的荣辱兴衰。千灯的山水,千灯的民风,千灯的民俗,折射出古镇生态自然的风采和古文化的风姿,让我们从中寻见江南文化的根底。

千灯古镇不仅仅是静止地立在那里,它还是一座活泼的小城,浓郁的俗世气息弥漫四周,且浸透着古镇的各个角落。走进千灯古镇,恍如走进遥远的岁月,走进长长的活生生的历史。隔着时空,古镇变得透明、简单、纯朴,不经意的一瞥,时光即刻暂停。古镇小楼挺拔,桥梁靓丽,掩映于绿色中,树是楼的陪衬,水是房的点缀,桥是景的延伸,水墨画面浓淡深浅,沉静在淀泖河畔,百年沧桑依旧,千年风情如初,古朴、静美而淡定。

有着2 500年历史的千灯镇,是先贤顾炎武的故乡、昆曲的发源地、4A级旅游景区、中国曲艺之乡、国家卫生镇、国家园林城镇。主要景点有顾炎武故居、顾炎武墓地、千年古塔、秦峰塔、顾坚纪念馆以及余氏典当行、李宅千灯馆、三桥邀月、少卿苑、大唐生态园等。

彳亍在千灯古镇的石板路上,处处呈现出传统与时尚、怀旧情怀与舒适享受并举、浪漫休闲文化探访交融的独特、雅致的环境氛围。千灯,市容整洁,市场繁荣,民风淳朴。千灯,静谧的小巷,古老的石桥,傍水的凉亭,素洁的寺庙,喷香的美食,每处都看不够,玩不够,仿佛置身于梦幻般的仙境中……

恬静的高桥古镇

　　高桥古镇位于万里长江、黄浦江和东海的交汇处,其早在唐代逐渐成陆。高桥古镇始兴于明代,发展于清代,兴盛于民国。高桥先人在此依水而居,临河建街,从而形成小桥、流水、人家的江南水乡古镇风貌。据称,高桥曾有30多座庙,上百座桥,4 000多家店铺,沧海桑田,高桥镇经历了由海成陆,由陆为岛,再次成陆的演变,当年的江心岛现与高桥连成一片。当年的护塘堤坝现已成为浦东北路。当年星罗棋布的庙宇已无迹可寻。

　　高桥是中国历史文化名镇,是一方藏贤纳古的土地,这里有着悠久的历史、深厚的文化底蕴和独特的人文景观。高桥的文物古迹众多,宋有黄俣墓、顺济庵、法昌寺,明有永乐御碑、老宝山城、双孝坊。夏日的一天,来到古镇,映入眼帘的是,青石条铺的街道,静谧的小巷,古老的石桥,古朴的建筑,宛如一颗颗珍珠,被水道街巷所串联,散发出迷人的人文魅力。漫步在光滑又湿凉的条石铺成的街道上,就像步入了幽深的时光,充满古朴、恬和、宁静、典雅气息。我们首先来到建于 20 世纪 30 年代初的仰贤堂，它坐落在高桥镇东街 81—83 号，建筑面积 1000 平方米。这是一幢中西合璧海派民居建筑，结构上采用西式钢筋混凝土框架的假三层楼房，造型雄伟中透出玲珑秀致，犹如一座坚实的城堡，巍然屹立在胜利桥畔。

走进仰贤堂，这里的主楼为一厅两厢房，其东有二层楼书房，地下还建有密室，大厅里既有雕刻二十四孝的落地长窗，又有洋式吊灯，厢房里既有中式槅房挂落，又有西式壁炉。主人沈晋福，1886 年出生于小浜路的老宅"兰发堂"，他 14 岁到浦西当学徒，后在上海南市公义码头创办"晋泰号"杂货店起家，1931 年委托亲家蔡少祺(营造商)在故里高桥港边建造了"仰贤堂"。这是幢难得一见的中西合璧海派老宅，高桥历史文化陈列馆就设在这里。来自民间 600 余件生产、生活用品及图片，浓缩了高桥上千年的历史，较全面地反映了高桥的历史、文化、生产、生活以及民风民俗等各个方面。所见所闻，我被这里的一切陶醉了，尤其是那一件件实物和一幅幅图片、书画，仿佛回到了明清时代，眼前隐隐浮现身穿明清服饰的文人骚客、才子佳人在此品茗、高歌咏诗、挥笔泼墨的情景。

漫步高桥古镇街巷，仿佛穿越到了古代，这里保存着众多的古建筑，有古仪门、古民宅、古石桥等。坐落在高桥港畔的"高桥人家陈列馆"设在古朴典雅的"凌氏民宅"里。该宅建于 1918 年，是五开间三进深的中式庭院，占地 1.8 亩，共有 36 间房，建筑面积 1200 平方米。房主凌祥春 1886 年生于高桥，他出身贫寒，13

岁去上海学生意,后来自己开了"义丰"皮革店,经过艰苦创业,诚信经营,事业有成后,在高桥买地建造此宅。整个宅院,建筑布局严谨,豪华雅致,青砖灰瓦,雕梁画栋,门窗、廊檐雕饰精美,山墙采用观音斗,无不透出巨贾豪宅的不凡气度。宅内随处可见匾额、楹联,并摆设着几百件种类繁多的古色古香的古董,按照传统的风俗,精心布置,让游人重新看到了当初一个家族的居住和生活场景,更是当年众多大户人家的一个缩影,似乎走进民俗繁茂的景观中。细看这些匾额和家训,深深地被其中蕴含的传统文化所折服。

由于"一战"以后,西方列强自顾不暇,上海城市得以快速发展,高桥人抓住机遇发挥优势,建筑营造业在沪上独领风骚。著名的营造商有谢秉衡、周瑞庭、陆鸣升、王松云、钟惠山、叶宝星、杨瑞生、姜锡年等,高桥人无不为当时响亮的高桥"泥刀"而骄傲。上海滩上不少著名建筑工程,包括亚细亚大楼、国际饭店、永安公司大楼等都出自高桥人之手。那些赚到大把白银的高桥承建商们荣归故里,凭着他们的巧手和才智,建造了众多豪宅。据资料揭示,高桥现保存的各类名宅就有 36 栋之多,浦东的名宅保护建筑仅在高桥就占了 40%。老街依"丁"字形河道而建,周边名宅连片,这里的蔡氏民宅、黄氏民宅、印氏民宅、敬业堂、树德堂和钟惠山住宅等,各具特色,各有看点。

独特的一方水土养育了独特的一方人,高桥可谓名人辈出。如元代航海家、漕粮海运第一人张宣;明代著名的清廉御史沈灼兄弟;学贯中西、精通西方火器的徐光启门生抗清名将孙元化;清代文人沈征、程上选等。近代的海上画派宗师钱慧安、市政建设先驱李平书、海上闻人杜月笙等也于此出生。在高桥,还有更吸引人们眼球的是,闻名遐迩的高桥绒绣,被称为"东方油画",已被列入"国家非物质文化遗产名录"。置身于"高桥绒绣馆"里,那形象逼真、色彩丰富、层次清晰、立体感强的幅幅绒绣作品,让游客们赞叹不已。

走累了、走饿了,沿街的各种小吃特别诱人。这里随处可见被誉为"沪郊百宝"之一的高桥松饼,此饼因酥皮层次分明、每层薄如纸片,又称千层饼,其松软香酥曾是"老上海"们深刻的集体记忆,现已列入市级非物质文化遗产名录。还有那高桥又是上海本帮菜肴的发祥地,老街上的德兴馆,那里有最新鲜、最正宗地道的本帮菜,味道比市内一些饭店的纯真,价钱也便宜得多。

高桥古镇一游,引怀古之思,生流连之感。这座朴素的古镇,拥有着中国江南水乡古镇所拥有的水乡风情和精巧雅致的民居建筑。一路上,深厚的历史和浓郁的文化气息随处可见。这座朴素的古镇,装有寻常百姓的快乐和梦想,更是可以让你融入其中,在轻松的氛围中游览、休闲和享受农家菜的美味。

夕阳西下,站在古镇的石桥上,举目眺望,小河之水宛若一条旖旎的飘带,洋洋洒洒穿过街巷逶迤流淌,两岸风光构成一幅美不胜收的画卷。微风吹来,那粼粼波光泛着红晕的水面,那古色古香的建筑和三三两两走着的人群,以及桥畔民宅的倒影犹如水中的宫殿……那么静谧、那么安逸、那么悠闲,仿佛自己走进了这幅生动而美妙、和谐、自然的完美画卷。

楹联之乡黄桥村

　　秋日的一天,阳光明媚,凉风习习,温和宜人,我们一行来到地处松江区泖港镇中西部的黄桥村。大巴沿着高速公路进入村庄,映入眼帘的是一幅满目苍翠秀美,散发着泥土芬芳和淡淡稻花清香的生态田园风景画,令人视野开阔,心情敞亮,惬意盎然,不由得思绪万千……

　　黄桥村,东靠 G1501 高速,南沿叶新公路,西至黄桥港,北枕黄浦江,全村区域面积 3.2 平方公里。放眼望去,一条条河道,水清岸绿,亮丽清新,阳光洒在水面,波光粼粼,散发着碎金般的光芒,形成一条条绸缎似的金色线带。一块块绿油油、整齐茂密的稻田,在秋阳的照射和秋风的吹拂下,泛起层层绿波,像宁静壮美的诗行,如滔滔不尽的江河奔流,蜿蜒伸展,赏心悦目。田野四周种植的花卉,五颜六色,竞相绽放,妩媚娇艳,随风摇曳,宛如朵朵浪花在高低起伏、或青或黄的稻穗间跳跃,相映成趣,怡情养性。

　　来到黄桥村村部,村支书、主任详细介绍了新农村建设的情况,实地考察了村民服务站、楹联文化展示厅、民办老年活动室和家庭农场。所到之处,无不让人感受到楹联之乡一种风清气正、阳光健康、正能量向上的浓浓书香气息。

这里有综合文体活动室、村民事务代理室、中心卫生室、便民超市商店、为民综合服务站、标准化篮球场和六个健身点,有效地提高了社区公共服务体系建设标准,惠及更多百姓群众,使村民不出村就能享受到多项服务。在综合文体活动室里,七八张方桌坐满了人群,有打牌的,有下棋的,有看报的,更多的则围坐在一起,喝茶聊天,叙旧情,忆往事……他们虽是两鬓花白,皱纹密布的老者,但却精神矍铄,谈笑风生,神采飞扬,其乐融融。深深地感受到村民们的淳朴、善良和热情。

这里的法治楹联宣传场所,村民休闲活动场所,农家法治书屋,法治楹联展示窗口,法治楹联书籍,法治楹联书签……成为松江区司法局和泖港镇司法所在黄桥村设立的法治楹联教育基地,有效地将传统文化和法治建设融为一体,使法治宣传教育内容更丰富,基础更深厚,效果更扎实。

近年来,黄桥村按照贴近实际、贴近生活、贴近群众的原则,创新方法、丰富内容,通过黄桥楹联沙龙、创建星级家庭、创办《魅力黄桥》《黄桥联墨》以及《黄桥新风》小报等载体助推乡风文明建设,弘扬农村传统文化,营造一个健康、文明的良好氛围。

随着黄桥村新农村建设和“三农”试验区工作的推进,黄桥村已成为全部现代农业产业的典型代表,形成了“田成方、路成网、渠配套、林成行”的标准农田。以低碳绿色、优质高产为标准,按照生产专业化、标准化、集约化和规模化的要求，坚持产量、质量、结构、效益的有机统一，重点培育特色农业，从而实现了现代农业跨越发展，达到了百姓富、生态美的双赢成效。

黄桥村先后获得了全国生态文明村、中国最美休闲乡村、全国妇联基层组织建设示范村、全国(绿色村庄)特色村、全国示范农家书屋和上海市文明村、卫生村、健康村及楹联第一村等荣誉称号。

黄桥村，像一位朴素的村姑静静地伫立在黄浦江畔，不张扬也不做作，一派自然，清雅秀美。生活在这怡静宁谧的乡村，过着现代的生活，幸福、美满又快乐，真是让人赞叹，羡慕，心醉。

风情泰晤士小镇

　　秋日的一天,阳光温煦,天蓝云净,我们一行兴趣盎然地来到位于松江区方松街道的泰晤士小镇。漫步小镇,跃入眼帘的是,一幢幢尖顶洋楼、别墅在参天蔽日的绿荫中隐现,唯美的异国建筑风格,散发着闲情逸致的英伦气息。湖畔的教堂广场上,绿树芳草,繁花争艳,高大的教堂在丽日晴空下绽放出迷人的光芒,尖尖的塔顶在湛蓝的天空中挑着朵朵白云,古朴自然,韵味十足,颇为气派而庄严。三三两两的学生席地而坐,正在聚精会神地练习写生,痴迷在秋影婆娑的光影里。一对对青年男女正在这里拍摄婚纱照,摆出各种甜蜜的姿势,留下人生中最靓丽的情影,秋风暖阳下,情调浪漫,那明媚娇羞的神态,充分体现人和自然的美好意境。

　　来到小镇连绵的多功能步行街,欧洲各时期建筑、街区徐徐展现,满眼尽是彩虹般旖旎的墙体,维多利亚式的露台,哥特式的建筑风格,每层楼的层面高大明亮,每条装饰边沿都镶嵌、雕刻着色彩明丽、形态各异的图案、浮雕，精美绝伦，古朴典雅，相得益彰。步入其间，玲珑秀气，景色醉人。各有特色的商铺鳞次栉比，琳琅满目的商品令人目不暇接，各色异国风情的美食，不断挑起我们的食欲。

我们走在蜿蜒的街巷，不时与街头的名人雕塑相遇，英国首相丘吉尔、戏剧名家莎士比亚、浪漫主义诗人拜伦、伟大的科学家牛顿……这些人物造型逼真而传神，神态栩栩如生，仿佛在与我们进行隔世纪的交流。走着看着，在我的脑海深处颇有时光倒流的梦幻感。这些名人雕塑，散发着浓浓的艺术气息，给宁静、素朴的小镇，增添了无尽的乐趣、美感与历史厚重。

"钟书阁"是目前上海最有名的实体书店，吸引着众多的爱书人。这里还是一处精美的展览馆，也是到此一游的极佳之地。"钟书阁"分为上下两层，二楼的地板全由玻璃铺成，透过玻璃往下看，脚下明亮的书室全是图书，给人十分奇特的感觉。阁内图书的安置方式也是别具一格，除了壁上壁下分门别类地摆放着一排排图书之外，地板上、茶几上也散放各种图书。走进这样富有创意的书阁，令人倍感新鲜、新奇和随意。

逛完"钟书阁"，我们走到湖畔，在浓郁的绿树花香包裹之中，任由清凉的秋风拂过，静静感受这里的秀美景色。碧绿的湖面像块巨大的青玉，镶嵌在葱翠的怀抱里，安详、静穆。沿湖建有大片的原木亲水平台，湖岸上植物丰富，郁郁葱葱，树木繁茂，树种各异，银杏的金黄、栾树的火红、樟树的翠青，交相辉映。路边的菊花、月季花迎风摇曳，花色交织，鲜艳夺目，优美动人。秋日的阳光,穿过密匝匝的树叶,水银般地轻泻在碧波荡漾的湖水中,倒印在水中的小桥、洋楼、树影和天上的云彩、飞鸟浑然组合成一幅浓淡相宜、情趣盎然的水墨画卷,令人陶醉。极目远眺,清澈的湖水,在阳光下波光粼粼,一群水鸟在湖面上嬉戏,它们一会儿飞向蓝天,一会儿掠向水面,一会悠闲地静卧水上,一会儿又振翅腾飞,身姿矫健,仿佛在迎接着那远道而来的朋友。

不知不觉,暮色降临,湖面上泛起金黄色的波纹,整个泰晤士小镇披上了丝丝缕缕的五彩霞光,安详、静谧,无限的遐思和宁静淡然的情愫悄然升起。晚霞中,游人缓缓而归,一群飞鸟在天空展翅、扶摇空鸣。领略着泰晤士小镇的壮美风姿和温馨风情,让我心旷神怡,流连忘返,沉醉在秋风秋景里。

雨中赏梅逛西溪

　　大年初五的杭州,时阴时雨,细雨蒙蒙中的西溪湿地,游人如织,兴致盎然,阴冷的天气并没有浇灭人们前来游览赏景的热情。

　　西溪湿地公园,地处杭州城区西部约 6 公里,距西湖仅 5 公里,占地面积为 11.5 平方公里。西溪始起于汉晋,发展于唐宋,兴盛于明清,衰落于民国,再兴于现代。杭州历史上曾有"西湖、西溪、西泠"并称"三西"之说。公园内有"福堤、绿堤、寿堤"三堤,并有"秋芦飞雪、高庄宸迹、渔村烟雨、河渚听曲、龙舟胜会、曲水寻梅、火柿映波、莲滩鹭影、洪园余韵、蒹葭泛月"十景。西溪有着"杭州之肾""副西湖"的美誉,是国内首个集城市湿地、农耕湿地、文化湿地于一体的国家湿地公园,也是国家 5A 级旅游景区。

　　走进西溪湿地公园,树木葱茏,河道密布,清澈的河水宛如少女的明眸脉脉含情,阵阵古朴自然的清新气息扑面而来。来到位于高庄的"曲水寻梅"景区,恰逢新春探梅节期间,展现在人们面前的是,开阔的河面,起伏的地形,构成了丰富多彩的植物景色。

园区内数以千计、挂着雨珠、粉嫩粉嫩的梅花,有红的、粉的、黄的、白的、绿的,品种丰富,悠然绽放。远远望去,宛若一条条气势恢宏、无边无际的彩带在雨雾中飘浮,似幻如梦,悦目赏心。那雨雾渺渺中的梅花,又如情窦初开的少女,披着神秘的面纱,那半遮半掩的美,分外妖娆,给人极大的想象空间。

那争相斗艳的梅花,红的热烈,绿的点点,白的如雪,粉的含羞,黄的灿亮,与身穿色彩鲜艳衣服和手中撑着五颜六色花伞的人们交错互映,融为一体,成为一片绚丽夺目、风姿醉人的花海,令人叹为观止。路旁的介绍牌上写道:"曲水寻梅"也称"水上探梅"。西溪探梅,妙在"三探":一探在于,西溪的梅弯曲于水上,有迎客之势;二探在于,船从梅树下经过,梅触手可及;三探在于,"探"有寻找、摸索之意,河道弯环,正具乘舟寻梅的意趣。坐上游船,荡波而去,碧水蜿蜒,婀娜灿烂的梅花映着碧波在眼前徐徐展开……恍惚间,你仿佛也沉入了这梦幻般的仙境之中。人们说,西溪之美在春秋,可我要说,西溪的冬天更迷人,西溪的雨中更醉人,雨中的西溪,恰恰是自然景致和上天的一场完美结合,她展示了雨中西溪独特的清幽与纯美,营造了一片超逸尘俗的净空天地。

沿着湿地公园的行道一路前行,沿途一幢幢青灰色的古民居,老旧的窗花,精美的雕塑,深棕色的木门,古朴典雅,别有风味;一座座造型别致的石桥,安静地横卧在水光潋滟的小河上,河面上一条条游船,龙头腾起,任潺潺河水碧波荡漾,摇曳穿梭;那曲水庵、交芦庵、厉杭二公祠、高庄、蒋村集市、河诸街、古塔等周边建筑,景色优美,溪水环绕,芦荡竹篱掩映。

　　穿过一片树林,走进建筑风格迥异的老街,犹如走进了一段遥远的历史,马路两旁,商铺林立,商品种类繁多,竹制品、木雕、编织等各具特色的民间工艺,风味独特的传统特产,浓香诱人的老字号糕点、小吃等琳琅满目,独具匠心,游人络绎不绝,着实繁华、热闹。文化和艺术,不仅是一个地区的一种风情,一种民俗,更是一个地区的灵魂。西溪,山水文化与古村文化完美结合,耕读文化与宗教文化相互交融,构成了层次丰富、动静有致的绝妙景观。

　　边走边赏景,雨越下越大,不知不觉从上午10点入园已到了下午3点,走得也有点累了,我们便坐上景区的电瓶小汽车返回。一路上,透过车窗,举目望去,缓缓移动的湿地美景笼罩在升腾起的阵阵乳白色云雾里,时而清晰,时而弥漫,时而还有白鹭立在周边,以及传来阵阵鸟儿的鸣叫声……置身其间,仿佛进入一个虚无缥缈的梦幻世界……

寻访厚朴镇旧址

　　厚朴镇，又名旱卜镇，寓意厚道朴实，如此而得名。厚朴镇地处崇明长兴岛新港村 12—13 组之间。据《长兴乡志》记载："厚朴镇始建于清光绪(1880)年间，距今已有 130 多年的历史。"

　　长兴岛，地处东海、长江交汇处，江风海韵滋养出物华天宝、风情万种的锦绣乡村。当年的厚朴镇具有江南水乡特色和静谧安逸的古镇风情。以江筑屋，以河成街，厚朴镇南靠长江，东靠三圩港，镇中间向西又有一条横港，面向长江口，是咸水和淡水的交汇处，多种鱼类为繁衍从这里路过，有的长期在这里生存，渔业资源丰富，吸引大批渔民前来捕捞，鱼鲜贸易活跃，集市十分繁华，也带动了该镇的经济和商业繁荣发展。

　　那时候的厚朴镇，客栈、茶馆、南货店、杂货店、豆腐店、肉店、海鲜店、米店、盐店、饮食店、铜匠店、铁匠店、木匠店、染坊、药店、理发店等商铺林立，星罗棋布，各类商品琳琅满目，各路客商云集，生意兴隆，热闹非凡。镇上还有第一所国立长兴小学，以及庙宇和天主教堂。厚朴镇成为长兴岛上颇具规模的四大集镇(凤凰镇、厚朴镇、园沙镇、三民镇)之一。

商业兴盛带动文化发展,厚朴镇飘逸着厚重的历史气息,积淀了深厚的文化内涵,更是孕育了各类人才辈出。原沈阳军区参谋长李海波,原南通军分区副司令员王英等功垂史册的人物,以及抗日英雄朱七斤、周安清、汤二郎、黄文甫、陈杏江等,还有被称为长兴岛上的"女华佗"张凤梅,都是厚朴镇人。这一地区还涌现出众多的教师、企业家、实业家、民间艺人等能工巧匠等出类拔萃的人物,他们用勤劳的双手和聪明的智慧谱写和传承着厚朴镇的文化和文明。

自20世纪70年代初起,由于厚朴镇港口闭塞,客商剧减,集镇日趋冷落。到了70年代中期,街道已基本拆尽消失。近年来,随着长兴岛装备基地的建成,厚朴镇一带的居民也已全部搬迁住上了商品房,厚朴镇已成了另一番风景。

夏日的一天,笔者来到厚朴镇旧址,这里正在进行动拆迁,昔日的居民住宅成为一堆堆废墟,唯有厚朴镇西南约150米处的一座铁塔还在那里高高耸立着。据称,该铁塔建于民国年间,在当时的长兴岛上,算是最高的建筑。另据当地人介绍,该铁塔起初是座木塔,后因年久损坏改成铁塔。如今,尽管厚朴镇几经拆迁已无影无踪,但这座铁塔却依然静静地屹立在海岸边,并在前几年被崇明区列为不可移动文物进行保护。这座铁塔虽是普普通通,但它可谓是长兴岛上最古老的建筑物,历经民国和中华人民共和国成立后的各个阶段,它既是航空、航海的标志物,也是长兴岛 100 多年来沧桑历史、风云变幻的见证者。

如今,随着社会的发展,时代的变迁,厚朴镇虽已荡然无存,连现在生长在长兴岛的许多年轻人都不知道厚朴镇的名字,但有幸的是,《崛起的长兴岛》编委会怀着对故乡厚朴镇的拳拳爱心和深厚感情,正在编写《烟雨蒙蒙厚朴镇》文集。他们满腔热情地进行挖掘、搜集、整理、编辑出版,这是一本见证历史、留住历史的文集,更是一件"功在当代,利在千秋"的好事、实事。该书旨在以人物、景物、事物等形式,叙旧道故化忆为文,记录厚朴镇的前世今生,以本色的笔调记述了厚朴镇的风土人情,让这里的历史文脉和良好的民风、民俗得以延续,甚至弘扬,让人有"根"的感觉。

离开厚朴镇旧址,那明净的河水,那环水而立的水杉、樟树和开着鲜花的夹竹桃交相辉映,风姿绰约。车渐行渐远,再回首,百年古镇新旧交替,那昂首的船厂塔吊,那耸立的百年铁塔,那林立的高楼和新颖别致的农家别墅,那风中摇曳的老树繁花,融为一体,洋溢出一派古朴宁静又生机盎然的万千风情……

漫步弄堂新时尚

　　早就听说,位于打浦桥地区泰康路的田子坊,经改造成为一条集文化底蕴丰厚和时尚、潮流、年轻态的弄堂。春日的一天,特意去寻访那憧憬已久的民巷,真是名不虚传,让人大饱眼福。

　　走进小巷,这里仍保留着一排排老上海古朴典雅的石库门弄堂,一家一户的小楼紧挨着,几乎都是原汁原味、色彩明艳的老建筑,家家户户的院前清幽洁净,满是花草,街巷的路面像是刚被水洗过的,不见一屑纸片和一丝杂物,让人不忍踩踏。用"一尘不染"来形容,毫不为过。

　　据称"田子坊"是画家黄永玉给这旧弄堂起的雅号。有史载,田子方是中国古代的画家,取其谐音,用意自不言而喻,使得曾经充满着民俗风情的街道小厂、巷子里废弃的仓库、石库门里弄的平常人家,平添了一份艺术气息。

　　徜徉在蜿蜒的小巷,清风拂面,咖啡飘香。一家家新颖时尚的特色小店和作坊鳞次栉比,各种商品琳琅满目,眼花缭乱。店面虽小，但家家精致、清新，让人觉得美好惬意，许多店都是自创品牌，深受人们的喜爱。于是，这里的古朴、繁华、和谐以及时尚、潮流、年轻态成了人们散步观光和休闲购物的一方胜地，穿梭在弄堂里的人群大多是穿着鲜艳服饰的当地年轻人和中外游客。

在田子坊里，依然有不少居民在这狭窄而又悠长过道的老房子里过着欢乐温暖平凡、祥和、时尚小资的生活。在这里，沉寂着古朴的宅院，质朴的民风。我们看到不少住户的人们，有的忙着经营生意，有的做着杂活，尤其是被几个中年妇女吸引了注意力，她们正在用刷子或拖把聚精会神地清洗着门前的街面，神态是那样地认真、仔细，仿佛在擦拭着自家的地板和玻璃窗，这不由让人对石库门的风土人情似乎有了新的诠释和认识，那种和谐美好、文明有序的环境和氛围让人敬佩。

不知不觉，我们已走到了小巷的尽头，回味着：那窄窄的街巷干净清爽，街道两旁整齐划一，绝无人家的摊位挤占路面，也没有哪家门前搭建小棚扩大地盘，也许正是这些风情吸引着不少游客，停下脚步，在这里争相拍照，以最美的姿态，秀出春天的风韵和深厚的文化底蕴。

不经意间，回头偶见谁家门前开满枝头的那一朵朵鲜艳夺目的茶花，斜侧着身子，探过围栏向人们热情招手，格外妩媚动人，恰到好处地给时尚小巷增添了一道靓丽的风景。

紫藤烂漫笑春风

　　四月的申城,伴随着春风春雨的滋润和温度的升高,便迎来紫藤花盛开的季节。紫藤的温馨浪漫与其他颜色的鲜花和变色树一起,奏响了一首五彩缤纷的交响曲,构成了一幅灿烂亮丽的春天画卷。

　　位于嘉定城南博乐路环城河畔的紫藤公园内,绽放着一片"令世界窒息的美丽"。据称,这里是世界上仅有的三座(其余两座均在日本)以紫藤为主题的公园之一,也是嘉定区与日本冈山县和气町开展友好交流的合作项目。园内种植了和气町町长藤本道生和友人赠送的近百株优质紫藤,近 30 个品种,从紫蓝到洁白等各色都有,占地面积为 1.4 万平方米,建于 1997 年初,1998年 10 月正式对外开放。

　　春阳高照晴方好,吹面不寒杨柳风。四月中旬的一天,我来到嘉定紫藤园,即刻被眼前的优美景色所吸引。一座座钢架搭起的棚廊下,一串串、一簇簇硕大的花穗,有白色的,紫色的,粉色的,还有紫中带蓝的,宛若晶莹的珍珠,悄然绽放在灰褐色如龙蛇般蜿蜒的枝蔓上,轻轻悬挂,款款垂下,微风吹拂,摇曳生姿,绕园喷芳。据称,紫藤主要有三大类,即中国紫藤、北美紫藤和日本紫藤。其次,紫藤的美丽在于花穗长度,一般的花穗长度为15—30厘米之间,花期为10天左右。生长在嘉定紫藤园内的紫藤花穗,由于优良的生态自然和水土资源等舒适环境,加之优质的品种和精心培育,以使最长的花穗能达到100厘米。花期自4月中旬起至5月上旬,绽放着美轮美奂的容颜。那热烈、灿烂、缤纷绚丽的色彩透着阳光显得更加晶莹剔透,仿佛一处气势恢宏的彩色隧道,演绎着超凡脱俗的妙境花影。

沿着廊道一路走去,便来到河岸边塑胶铺设的健身步道,这里游人如织,观景赏花,人头攒动。一眼望去:那充满着温馨浪漫气息的紫藤花与碧蓝的天空,清澈的河水;那日式风格的石头灯笼与园内种植的樱花、玉兰、红叶李、海棠、桂花、蜡梅等植物以及凉亭、小桥、石凳,还有护城河的亲水平台,与周边一幢幢别致的民居组合得相得益彰。春风惬意中,花木簇茂,可听林间鸟语,可闻草木芬芳,可观水面鱼跃,饱览湖光水色,呼吸清新空气。欣赏着这番风光旖旎美景,人似在桃源仙境中一般,尽显生态、自然、野趣,心情恰如春日般晴朗。

紫藤,一年四季都是美丽的风景。秋天时,绿叶变黄,渐渐飘落,地面铺上一层金黄色的地毯,演绎着"落叶岂是无情物,化作春泥更护花"的不凡境界;冬天时,落尽黄叶,藤蔓尽显它那枝干嶙峋,拙朴可爱的迷人风姿,那盘曲裸露的老根,有的缠在一起,像巨大的麻花,有的编织在一起,恰似一个美丽的中国结,别有韵味;春天,藤蔓上发芽,长出碧绿生青的嫩叶,紧接着,春风春雨一催,仿佛一夜之间,一串串紫藤花开出了笑脸,将满园装扮得热闹非凡,闪烁着灿烂的光芒;夏天,随着紫藤花的渐渐枯萎,密密层层的枝叶,碧绿莹莹,遮荫蔽日,透过枝叶的树上挂着一条条如豆荚一样的果实,凉风轻拂,情趣盎然,成为人们悠闲纳凉的好去处。

嘉定紫藤园的布局既具中国园林特色,又融入部分日本造园风格。徜徉在春天的紫藤公园,紫藤花密密匝匝,层层叠叠,翠叶婆娑,像绿云下飘逸的彩霞,蔚为壮观。晴空暖阳下,那盈架满棚的一束束紫藤花犹如浮起的彩云,又如缠绵的彩雾,倒映在横卧园中葫芦形的荷花池碧波里,恍若仙境般梦幻景致,艳丽夺目。放眼远眺,好像那儿有一片彩色的厚纱,盖住了绿色的枝叶;又如一只只美丽的彩蝶在飞舞,奇姿异态纷呈;更似一道彩色的瀑布奔泻而下,流光溢彩,极富活力与动感,令人心情悠然,乐而忘归。

紫藤花,她从不禁锢自己,有花尽情地开,有香尽情地放;紫藤花,紫的典雅,黄的奔放,白的高洁;紫藤花,美得自然,美得朴实,美得芬芳,赏之悦目,闻之沁心。眼下,趁紫藤花盛开的最佳时机,不妨邀几个知己,走进嘉定紫藤公园,定以满树浓香扑鼻的繁花相迎!

迷醉如画桃花园

春雨染绿了枝头,和风催开了花蕾。清明时节,来到位于军工路上的共青森林公园,跃入眼帘的是,小桥流水蜿蜒而过,波光粼粼的湖泊,犹如一面大镜子,倒映着蓝天白云,绿树红花,众多游船在湖面上闲荡,几只可爱的水鸟在湖面上嬉戏。园内绿树草甸迎风招展,那醉人的海棠、娇艳的桃花、雅洁的玉兰和浪漫的樱花,浑然天成,相映成趣,可谓是,一园之中,看遍江南春花,处处都是赏心悦目的如画风景。

穿过公园东北侧的华明桥一路向前,便来到占地面积为上万平方米的桃花源,边走边看,顿觉心神俱爽。园内种植着十余个品种的桃树千余株,有寿星桃、迎春桃、五彩碧桃、白碧桃、红碧桃、垂枝桃、紫叶桃、菊花桃、水蜜桃、绛桃和日本丽桃等各式品种的观赏桃花热热闹闹地绽放在暖人的春风里,悄然点燃浩瀚的天空,呈现着"桃之夭夭,灼灼其华"诱人的清纯美丽和独特魅力。

走进桃园,一眼望去,满园的桃花在明媚的春光下,风姿秀逸,嫣红一片,把整个园区遮掩得花团锦簇,装扮得分外妖娆,简直是一个缤纷烂漫的桃花世界。放眼远眺,那优美的树形,粉里透红的桃花,光洁的花瓣,一朵紧挨一朵,簇拥着、嬉戏着,像一只只花蝴蝶,扇动着美丽的翅膀,翩翩起舞,壮观艳丽;走近细看,那一朵朵桃花,那一点点绯红,更是如姿色妍丽的少女笑开了脸,扭动着柔美的身姿,亭亭玉立,婀娜多娇,楚楚动人。春风徐来,花随风动,万千桃花微微摇曳,风情万种,淡淡的花香从花蕊间弥漫开来,香气四溢,沁人心脾。花丛中,赏花游春的游客络绎不绝,呈现一派"人面桃花相映红"的惬意景象。

桃花园中,最夺人眼球的是公园去年新引进的品种——日本丽桃,因树型好似"飞天扫帚"而又名"帚桃"。与普通桃花相比,帚桃花苞饱满,花瓣繁密,而且花色更艳丽,花期更长久。此时的满树花朵如冲天火炬,昂首挺胸,一派欲与天公试比高的架势,绚丽无比,给公园增添了一份娇艳和浪漫的奇景,令人叹为观止。

那片生长在共青森林公园的桃花源,是上海市区内大面积桃林的绝佳观赏地,游客在这里不仅能欣赏到满树烂漫、如云似霞的花海胜景,还能体验到悠然自得和生态自然的田园风光,更是让中国历史悠久的花木文化得以继承和发扬光大。人们徜徉在花海中,与之亲近,放飞心灵,如入仙境。

行走在桃花园,清新的空气,扑鼻的芬芳,迷人的风光,醉人的风情,颇有几分"山重水复疑无路,柳暗花明又一村"的意境。

古意盎然广富林

　　位于松江新城区方松街道的广富林文化遗址,坐落在佘山南约4公里,至今已有几千年历史,是一方古老神奇而又美丽非凡的土地,这里除了悠久历史和古建筑之外,更多地还飘逸着浓郁的文化气息。

　　进入园内,最吸引眼球的是三幢巨型的宫殿般建筑,半裸飘浮在波光潋滟、檐影微落的富林湖面上,三角形斜坡的屋顶,线条流畅,气势恢宏。时下正值炎炎夏日,湖岸边树影婆娑,清风阵阵,"天然氧吧"空气新鲜,沉浸在风景如画的历史文化长卷里,让人仿佛有置身人间仙境的回味。

　　走进广富林文化遗址博物馆,恍若引人走向远古。整个博物馆分水上观光台和水下展厅两部分。展厅内陈列有自20世纪50年代末广富林出土的各种文物,还有发掘现场模拟演示和藏宝室等配套设施。从考古记忆到部落生活,从唐宋时期的城镇风貌到明清年代的民间纪事等,数千年历史脉络尽揽于此。

园区入口处,一座犹如古代烽火台的石垒赫然矗立,这是闻名遐迩的富林塔。漫步园区,知也寺古韵悠扬,相符桥横波静卧,古朴典雅,令人心旷神怡。踏着青石甬路,行至广富林文化遗址中央广场,映入眼帘的是一枚巨大的骨针,象征着先人缝被制衣、编织渔网的工具,这是广富林遗址的代表性遗物。广场上那精粹匾额、精彩楹联、精湛雕刻,不时跃然于砖石建筑物上,濡散着古韵浓厚的翰墨书香,文化浸润无处不在,让人流连忘返。

穿过骨针广场沿着一条用石磨铺就的小路,向北望去,一片芦苇荡随风摇曳,赏心悦目。这里是 10 万平方米的"上海之根"古文化核心保护区,种植着荷花、水稻、玉米、桃、梨、黄豆、芝麻等多样作物,一群鸟儿在上空翱翔,凸显远古时代的农耕、生态文化,呈现一种原生态生机盎然的田园风光,宛如一幅浑然天成的立体巨型山水画镶嵌在天地之间。据介绍,经考古勘探和研究确认,这里是遗址的主要埋藏区,地下有着丰富的古代遗存,蕴含着更多的未解之谜。

徜徉在修旧如旧、古意盎然的古建筑中,有一种梦幻般的穿越,涵盖文化交流中心、演艺中心、历史沿革的文化展示区充满魅力。明清风格的城隍庙、关帝庙、文昌阁,以及富林印纪、木艺传承展示馆、古陶艺术馆、朵云书院、墨宁国乐、顾绣、竹编等各类展馆和景点,错落有致,处处洋溢着特有的古文化气息。

广富林文化遗址园区内,河道纵横,碧水秀堤。站在桥头,看那盈盈绿水,有时静静的,温情脉脉;有时微波荡漾,动人心弦;亭台楼榭,绿树繁花倒映水中,仿佛水墨画卷,美不胜收。天蓝、云白、水碧，人的呼吸与河水自然流动，犹如神秘对话，充满无限想象，是放飞心情的好地方。

广富林停泊着祖先的梦境，飘动着未来的憧憬。广富林文化遗址，记录着城市历史变迁的文化地标，是上海的历史之根、文化之源，它连接着昨天、今天和明天。

川沙老街古韵浓

从市区乘坐申川专线车,穿越杨浦大桥,大约一个多小时的车程,便可到达浦东川沙古镇。刘禹锡《陋室铭》中曾言:"山不在高,有仙则灵;水不在深,有龙则灵。"同理推之,"城不在大,有人则灵;人不在多,有魂则灵"。川沙古镇便是矣。

走进巷口,踏着光滑、古老的青石板,向老街深处走去,犹如走进悠悠的历史长廊。一排排保存完整的明清古民居静静地伫立着,触目皆是做工精细,图案清晰,栩栩如生的石雕、砖雕和木雕,以及透着古意的祠堂、书院、牌坊、庙宇,还有那古老的门罩、天井、房梁、漏窗……都仿佛在告诉后代及游人这曾经的历史沧桑,古镇的精美与韵致尽在不言之中。

古镇内河浜纵横交错,水面上碧波荡漾,两旁的堤岸上绿树成荫,岸边贴水而建的亭台、联廊曲曲折折,有凌波的感觉。特别是星罗棋布的桥梁似乎在默默地穿越着老街的前世今生,成为古镇的另一亮色。古镇老街两旁错落有致的粉墙黛瓦皆镶嵌在古色古香的水巷民居之中,整条街面的商铺和木板楼房鳞次栉比,其中有不少还保留着旧时的老字号店招和原貌。走近看,几处"文革"期间的标语仍清晰可辨。

登上古老的城墙,这里茂林修竹,古木参天,却依然焕发着葱茏的风姿,显现当年的恢宏和威严。据史料记载,明嘉靖三十六年(1557)朝廷从里人乔镗、王潭之请,兴筑川沙城。九月始筑,十一月竣工。城周围四里,高二丈八尺,阔三丈有余。门四,堞楼如之,东门名镇海,西门名太平,南门名迎瑞,北门名拱极,月城四,雉堞三百七十二垛,炮台十二座,吊桥四,濠阔一十二丈,深一丈五尺。同时,在历史上,城墙于明万历二十一年(1593),清康熙二十二年(1683),乾隆三十七年(1772),以及嘉庆十五年(1810)进行过几次修葺。以后因经费未核作罢,导致失修、损坏和拆除。如今,历经461年沧桑岁月,仅存城厢镇小学东南遗址城墙一角(现被列为县级文保单位)。古城墙上魁星阁高高耸立,飞檐翘角,无言叙说着川沙人崇文重教的儒雅风尚。还有烽火台、古炮、诗碑等遗迹,气度不凡,典雅凝重,散发着中华民族的古典审美情状。

古城墙不远处的"内史第"黄炎培故居仍保存完好(现被列为市级文保单位)。现在"内史第"可谓大名鼎鼎,一些曾经在中国近现代史上叱咤风云的历史名人在此生活过。"内史第"又名沈家大院,是一幢砖木结构的三层楼房,占地面积3 400多平方米,总建筑面积1 800多平方米,系清代著名金石学家、书画鉴赏家沈树镛(1832—1873)祖上建于清道光年间。这座有着170余年历史的宅第英才辈出：其中包括中国近现代爱国主义者、民主主义教育家黄炎培 1878 年诞生于此宅第三进院内，民主战士黄竞武，水利专家黄万里，著名音乐家黄自等黄氏子弟均诞生于此；宋耀如与倪桂珍夫妇携子女于 1890 年至 1904 年在此生活了 10 余年，宋氏姐弟在此度过了美好的童年时光。因此宋庆龄和宋美龄直至晚年，她们的讲话还带有浓郁甜润的浦东乡音。有人为内史第宋庆龄诞生地题联："春秋十度凭飞去，乡音一口认归来。"

据称，宋庆龄于 1893 年诞生于"内史第"第一进西侧沿街的房内，著名的翻译家傅雷曾租住于此。"新文化旗手"胡适也与内史第有过不解之缘，1892 年 2 月，胡适父亲胡铁花调任台湾前，曾将妻儿带至川沙，在内史第租下一间厢房安置下来，随后一年多时间，胡适就在这里度过了他的幼年生活。

有人说，古建筑、古文化、古树名木、乡贤达人无疑是一座城市的乡魂，川沙古镇有那么多的历史承载，不正是这座城市的魂么？

秋韵古趣南翔镇

国庆节期间,乘着台风"康妮"的远去和雨过天晴的好天气,来到南翔古镇。

"金罗店、银南翔、铜江湾、铁大场,教化嘉定食娄塘、武举出在徐家行。"一首流传数百年的民谣,道出了南翔独特的历史地位。进入古镇,街贯巷连,处处古趣盎然。一幢幢粉墙黛瓦的民居、亭廊楼榭,沿溪林立,错落有致;河道纵横,古桥众多,弹格长街商贾云集,砖雕门楣、镂空花窗、雕梁画栋,时光似凝固。游览檀园、云翔寺、双塔、梁朝井以及南翔历史文化陈列馆,这些有着年份的名胜古迹,像极了一件件大古董,游客仿佛置身于古画中。

南翔古镇有着千年历史,在 2016 年成功入选全国重点镇名单。老字号特色的商业街——人民街,汇聚了"大昌成""日华轩""长兴楼""集美楼"等数十家百年老字号;文化休闲一条街——共和街,街内由九个江南小庭院串连而成,布局合理,文化气息浓郁,紧邻明代名士李流芳的私家园林"檀园"隔河相望,休闲长廊

"尚贤坊"临街,横沥河上游船摇曳,更是一道独特的风景;中医特色文化街——和平街,以医、药、技、历、文、养、膳和园八大功能及业态板块为核心,打造出全国独一无二的以中医药文化长廊连接南街老街及古猗园历史文化景区,营造沪上"中医"地标。

古猗园内有着丰富的竹资源。据称,园方从全国竹种资源地,引进了极具观赏价值的观杆竹,如"龟甲竹""圣音竹""凤尾竹"等达数十种之多。秋天的竹林十分幽静,一片片竹林郁郁葱葱,绿意盎然,一排排栾树开着鲜艳的红花和泛着浅黄色的银杏树点缀其间,在秋阳的照射下光鲜夺目,美不胜收。荷花园虽已看不到荷花的踪影,荷叶也已半绿半黄,但荷茎依然挺立水中,生机勃勃,别有一番韵味。有趣的是荷叶间有几只水鸟,带领着一群刚出壳的小水鸟在嬉戏。小水鸟叽叽呀呀地叫着,形影不离地跟在父母身边,时而在水中悠悠地游来游去,还不时地与水中的鱼儿追逐嬉戏;时而又躲进荷叶间,只闻其声,不见其影,惹人喜爱。漫步在各具特色的牡丹园、黄杨园、樱花园、梅花园、桂花园和盆景园,众多游客纷纷被美景所吸引,拍照留影,摄下这美好的一刻。

老物件馆正展示着由上海市杨浦区收藏协会提供的 20 世纪 70 至 90 年代各种计划票证,上海公交车票、海鸥牌照相机、三五牌台钟、红灯牌收音机,以及 BB 机和印有各种厂家名字的搪瓷茶杯等老物件,让游客仿佛穿越时光隧道,勾起旧时的思索,令人感叹改革开放给全社会带来的巨大变化。那土家族竹雕展馆,展示着土家族竹雕,将土家族特色建筑,按比例微缩手上,以湘西优质楠竹为材料,构思奇特,技艺精湛,造型古朴典雅,充分展现了土家族人民的无穷智慧和古老的民族文化。

午餐自然会把美名享誉天下——非物质文化遗产的南翔小笼列于首选,来到一家有着百年历史的老字号南翔小笼馒头馆,要了一份美美地吃起来,那鲜香多汁的美味,久久地留在唇齿间。

徜徉在有韵味、有温度、有鲜活度的时尚特色古镇,温馨醉人的美食与美景带来了心中愉悦。

情愫心生

江海文化农家乐

　　前卫村,位于长江与东海交汇处的崇明岛中北部,与江苏海门、启东隔江相望,一衣带水,区域面积3.5平方公里。1969年初冬,前卫村人面对"潮来一片白茫茫,潮去一片水汪汪"的荒野滩涂,硬是靠着一根扁担、一副泥络、一把铁锹、一双草鞋围垦造田,诞生了一个以"前卫村"命名的村庄。历经40多年的艰苦创业,江海荒滩蜕变成绿荫环绕、鸟语花香、花果绕村、鱼塘密布、环境优美、民风淳朴、村民生活富足的田园诗意般文化旅游农家乐村。

　　改革开放后,前卫村因地制宜,率先培育成集生态旅游、体验农家生活乐趣、品味美味佳肴为一体的乡村度假农家乐。这里的农家乐,颇具特色,建有中国奇石馆、世界木化石馆、雷锋纪念馆、世界根雕艺术馆、瀛农古风园、生态休闲广场、跑马场等寓文化性、知识性、史料性、趣味性为一体的系列展馆和活动场所。另有时令瓜果采摘、垂钓等,吸引无数中外游客休闲、娱乐、度假。

瀛农古风园景区,占地面积 12 亩,分为四区,以一系列的人文景观,传承文化,体味乡愁。一区为"结庐拓荒展示区",展示唐朝时期农舍农具;二区为"渔盐兴盛展示区",展示宋、元时代的农舍农具;三区为"田园科技展示区",展示明、清时代的农舍农具;四区为"农家古风展示区",是综合展示区,展示水车、牛犁、推磨、纺纱、织布、轿子、独轮车等留有时代烙印的各种传统生产工具、生活用具。目光抚过,熟悉的农家生活在眼前渐次清晰,这里蕴含着古老的农耕文明,珍藏着我旧时美好的回忆,它们是有着 1 400 年历史的崇明人工匠精神的传承写照和江海农耕文化的诗性符号,更是反映了崇明历史的演进和生产力的发展过程。

与其他农家乐不同的是,这里有一处景区是野生动物幼驯养基地,占地面积 20 亩,其动物有鹩哥、豚鼠、香猪、猴、老鹰、斗鸡、孔雀、梅花鹿等,基地内部环境幽静,树木繁茂,鸟语花香,生态怡情,景色宜人,置身其间,顿觉进入了美丽的桃花源。

2004 年 7 月 27 日,时任中共中央总书记胡锦涛来前卫村视察,并给予高度评价,称"农家乐前途无量",引起了全国农家乐热。今天的前卫村,经全村人民的不懈努力,一个原不起眼的荒凉沉寂的江边小村实现了"经济实力更强、乡村风貌更美、生态环境更优、人民生活更好"的目标。前卫村村委会办公室内,奖状挂了满满一面墙。小村曾荣获联合国"生态环境全球 500 佳提名奖"以及"全国农业旅游示范点""全国青少年科普教育基地""全国精神文明建设先进单位""全国最有魅力的休闲乡村""全国民主法治示范村""国家 AAAA 级旅游景区"等 40 多项殊荣。

在前卫村,市民游客不仅能品味人文艺术,还能感受自然风光。冬日的一天,来到前卫村,入住海上花岛酒店。清晨,天刚破晓,一对白头翁以清脆高亢的声调,正在呼唤曙色,将人们从睡梦中叫醒。沿着村前的大道,伴着丝丝寒意,品着清新空气中裹挟着的泥土气息,走到村不远处的北横引河大桥。早晨的河畔宁静优雅、风清气爽、天蓝云白,人与自然融为一体。站在桥头,极目远眺,河水清波荡漾,两岸树木茂盛,色彩丰富,旖旎风光,在人们面前徐徐展开。两排水杉树高耸挺拔、树叶紫色,枝头积着一层茫茫白霜,树的四周弥漫着薄雾,形成一片雾纱,如梦如幻。纵横交错的小路"满霜如雪",印着一行行足迹,勤劳的人们已经开始忙碌。

一轮红日在晨曦初露之时冉冉升起,照射在平静如镜的河面上,金光粼粼,照射在风中摇曳的芦花上,银光闪闪。天空碧蓝,几朵白云飘动,几只飞鸟翱翔,静静的河面上漂来一叶小舟,木桨划出一圈圈水纹,打鱼的渔民们把网撒向水中,轻轻游弋,并不时地收网,鱼在网内活蹦乱跳,这可是没有一点污染的清水鱼啊。不远处,一群白鹅在河水中嬉戏,似一朵朵白云悠悠地漂浮在水面上,蓝白相间,构成了一幅人与自然灵动和谐的生态画卷。

久居在城市里的人,来前卫村感受这有魅力、有活力、更有温度的江海文化农家乐,可令人尘虑尽消。在那天然的生态环境里放飞心情,亦可品味到一种人与自然交融的忘我境界。

红日跃出水面,照亮了万物,前卫村染成一片金色,一派生机盎然的风姿,并透出几分艳而不俗的灵秀清芬,令人心潮澎湃,仿佛看到了当年前卫村人战风潮、筑堤坝、疏河道、建家园的猎猎红旗,看到了浩浩荡荡围垦大军冒严寒、顶烈日,奋力拼搏的磅礴气势,更是看到了前卫村在新征程路上的美好未来。

江岸水畔休闲园

　　位于堡镇东约三公里处,小漾河南部东侧靠江岸边的孟瀛农庄,占地面积 140 亩。这是一处因地制宜,依托得天独厚的自然环境,集旅游、观光、度假、休闲于一体,以独具匠心的设计和巧妙合理的布局构成了韵味独特,民俗风情浓郁,田园风光独具,以及可观日出日落和长江潮涨潮落美景,可听细浪拍岸之声的生态休闲园。

　　夏日回崇明,天高云淡,沿着江岸一路走来,有路牌相指,便见堤岸旁别致的孟瀛农庄和高高的铁制门楼,掩映在四周绿树中,飞鸟相应,蝉鸣起伏,景色宜人,充满原生态气息,顿觉神清气爽。

　　进入园区,首先映入眼帘的是那一方荷塘水清如镜,水面上铺满丝绸般的绿荷在微风中摇曳,莲叶田田,风姿映日。色彩鲜艳的荷花或含苞待放,或迎风盛开,绿叶、红花、微澜,宛如镶嵌在园内的一颗蓝钻。几只小天鹅在水中时而悠闲觅食,时而游弋玩耍,荡起了一片诗意,成为园区的一道靓丽风景。

环池塘的两边,便是另一番天地,仿古建筑错落有致。池塘西侧,朝东向的一排平房,作为休闲场所,青青的砖墙,还有那乌黑的瓦檐、朱红色的格子门窗,飞檐翘角,雕梁画栋,格调清新,精美雅致,以及梅、兰、竹、菊厅和书画室的布局,充满着浓厚的传统文化气息。池塘北侧,一排朝南向的二层小楼,作为客房,共30多间,仿当地民居特色建筑,白墙黑瓦,古色古香,别样的水乡风情。

农庄的南侧,是一座南北走向长长的木结构棚廊,有栏和柱,与东西走向爬满紫藤的长廊相呼应,游客可坐可立,那水、那树、那竹、那亭,还有那一片片菜园,在坐立之间可品可评,令人心旷神怡。

游廊的西侧,一片绿意葱茏,高大挺拔的樟树分列两边,水泥路道如绿荫长廊,从园门口一直延伸到西边的小漾河。那些不知名的鸟儿在枝头啼鸣,循声找去,树叶依然茂盛,纵然歌声美妙,还是寻不到它们的踪影,置身其间,让人澄心悦目,尘虑顿消。

水泥路道的两边是菜地,瓜棚豆架上叶子绿汪汪的,那豆角长的已下垂过尺,刚刚谢花的有手指头长,透过棚架缝隙,叶底下有三两员工在劳作,手中摘下水灵灵的豆角,充满着神采飞扬和悠然自乐的景象。往深处望去,一排排玉米,果穗饱满,吐着红须;一垄垄绿油油的青菜,恰似一幅幅巨大的绿色地毯铺在大地上,养眼怡心。

这里的农家乐,鸡鸭鹅羊猪等禽畜都是有机草饲和自然散养的,菜也是在优质天然的环境下自己种的。这些鸡鸭刚才还在那里活蹦乱跳,绿色生态的蔬菜还在田间郁郁葱葱,瞬间就成了盘中新鲜清香的美味佳肴,诱惑得惹人垂涎。在这里,让人真正感受到,食材本真,土灶烧制,烹调手法自然清淡,这就是十足本土气息的农家菜味道。

住在这里休闲游乐,细心赏玩,乃一步一景,移步换景,仿佛走进世外桃源。清晨,孟瀛农庄在鸟欢、鸡鸣、狗叫、鸭闹声中唤醒。登上堤岸,可远眺一轮红日从浩渺的东海边冉冉升起,映红了水,映红了滩涂,映红了芦苇,映红了村庄……勾勒出一种梦幻般的仙境。白天,在天气晴朗的时候,站在堤岸,可观碧波细浪,轻拍水岸,举目远眺,长江大桥和长兴岛船厂塔吊的雄姿,江中来往的船只和空中盘旋的海鸥,诸般胜景,美不胜收;傍晚时分,漫步江堤上,落日晚霞,绚烂辉映,红满天际,蔚为壮观。尤其是遇上雨后天晴,万物清新,七彩晚霞,美轮美奂,此时,在水波荡漾里听渔舟唱晚,在一朝晚霞里看水鸟翩跹,让人陶醉;入夜,蓝宝石般的星空下,银色月光洒向江面,长江里船只灯火和对岸市区流光溢彩的灯光,水上水中,光影错落,交相辉映,吹着阵阵爽朗的江风,呼吸着沁人心脾的纯净空气,满眼里尽是诗情画意,惬意极了。饱了口福、眼福之后,便可享受其耳福,那美妙动听的细浪拍岸轻唱,与青蛙和鸣虫的交响欢歌声中伴你进入梦乡。

清风拂面,草木花香,丝丝缕缕,悠然而至,让人不自觉地沉浸其中,除却繁杂和喧嚣,不用去想世俗的羁绊,不用去想琐事和烦事。

孟瀛农庄,让你敞开心扉尽情游憩,悠然自在尽情休闲!

灵性禅意白霜花

又到一年霜降时节。可住进城里的人们看不到霜,城市的年轻人对霜更是没有印象。即使在乡村,随着气候的变暖,也很少见到霜。于是,每到霜降时节,都会想起故乡的霜,想起故乡烟囱上升起的袅袅炊烟……

《诗经》称,霜降,则是"蒹葭苍苍,白露为霜"。旧时的家乡崇明岛,那时的冬天要比现在冷许多,一进入霜降时节,天气转冷,露水开始凝结成为白霜,气温降得越低,下的霜就越厚。由于崇明四面环江,环境特殊,一般气温降到四五度时就会落霜。有霜的日子,一直可持续到第二年春天。对于霜,乡间分为明霜和暗霜。所谓明霜,一般指天气晴朗无风的时候落下的看得见的霜。霜降时节,秋高气爽,清晨起来,放眼望去,村舍屋顶上、庄稼地、树枝上……积着厚厚一层茫茫的白霜,晶莹剔透,圣洁优雅,惹人醉。直到家家户户炊烟袅袅升起时,房顶上的白霜开始熔化,在温煦的阳光照射下,田间和树枝上的霜很快变成了露珠,反射出五彩光斑。

每当看到白白的、柔柔的霜，都会情不自禁地兴奋起来。你看，飘落在屋顶瓦楞上的白霜，多像少女靓丽润滑的脸，风情万千；飘落在稻草垛上的白霜，又多像满头白发的老者，沉稳安详；飘落在犁铧翻起的褐色泥土上的白霜，恰似一条条洁白飘逸的丝带，唯美壮观。村头的老树，叶子落光了，干枯的枝干上银装素裹，仿佛有了一丝灵性，显得莹润活泛；菜地里的菠菜、萝卜、青菜，头顶着一层白霜，恰似穿上了洁白的"婚纱"，将深绿的颜色包藏了起来。"秋色苍茫人欲醉"，秋花秋景里，催发秋的诗情。乡路边的野草开着五彩缤纷的花朵，向着你欢呼；挂在藤蔓上的紫茄晃动着胖嘟嘟的身子，于绿叶间向你致意……那些经霜打过的蔬菜又肥又嫩，味道酥糯鲜香。霜降之时，柿树上的黄叶簌簌飘，落叶悠悠舞，红红的柿子熟了，在高高的枝头上演绎着别样的季节风情。霜降之后的柿子最甜，在儿时的记忆里，那甜蜜醇香的滋味，氤氲弥漫了整个童年。面对白霜，一群群麻雀一改往日喧闹不已的秉性，在树枝上东张西望地发呆，不再叽叽喳喳，在霜意里，竟也安静了。

落霜了，秋水盈盈，亮一泓明净。房屋村庄，静立无语，任霜花给自己浓妆淡抹，装扮出一个洁白无瑕的童话世界。被霜花洗涤过的天空一碧千里，辽阔高远，仿佛一幅如梦如幻般的山水画卷。

还有一种霜，一般都是在天气由热转冷的变换过程中，冷空气来袭之前，遇到刮风或阴雨天气出现的，霜是看不见的，乡里人称为暗霜。这种霜夹杂在浓浓的雾气中，虽然看不见，但却能感觉到。此时，雾气弥漫，云雾缭绕，平静的水面像浅蓝色的绸缎，有点朦胧诗的味道，景色极为奇妙。缥缈的水雾中，一只只白鹭在河面上嬉戏、游耍，时而向上直插云霄，时而悠闲地静卧水面，远远看去，与天空中朵朵白云遥相呼应，让人恍若置身于虚无缥缈天人合一的仙境之中。

霜是有灵性的，也是有禅意的。

水中茭白醉人间

　　每到农历立夏前后时节,生长在家乡的茭白已是到了成熟期,阳光下,一片片、一垄垄,葱翠的茭白田,碧绿连天,泛着光亮,起伏荡漾,有如丹青妙手绘就的一幅水墨画卷,精美绝伦,令人心醉。

　　茭白,是我国特产的水生蔬菜之一。据史料记载,世界上把茭白作为蔬菜栽培的只有我国和越南。另据李时珍的《本草纲目》上说:"江南称菰为茭,以其根交结也。"指菰的嫩茎经菰黑粉菌寄生后膨大,长成茭白。茭白又因其外形特点被昵称为"美人腿"。

　　在我的记忆里,过去,崇明乡间老百姓家家都种植茭白,有的种植在河岸边,有的种植在宅沟边,一丛丛、一簇簇,随处可见,成为乡村一道亮丽的独特风景线。深秋初冬时节,人们从茭白老根处切挖一段,移植在河沟边,到来年春风吹来的时候,茭白小嫩芽们便齐齐地咬着劲儿探出头来。这一片水淋淋的绿,转眼间便枝繁叶茂,郁郁葱葱,青翠欲滴,那齐腰高的枝叶随风飘拂,像少女的青发,妩媚动人。紧接着,湿润青绿的枝叶间,一只只茭白相继成熟,那饱满嫩白的茭白,一茬接一茬地浮出水面,人们从春末初夏开始采摘尝鲜,源源不断地一直可以享用到中秋时节。那茭白与任何荤素菜搭配着吃,都是一道百吃不厌的美味佳肴。

那时候,除了农户人在自家的宅沟边或河岸边种植茭白外,还有就是生长在浜沟边、江海滩涂上的野生茭白,俗称"茭白头"。这种野茭白拔出泥土后,剥去外壳,那茭白头嫩嫩的、细细的、白白的、长长的,如一根根银筷似的,炒着吃鲜嫩可口。小时候,我们利用星期天,或放学后,经常约几个伙伴去采摘,那时候,还没有什么化肥农药,水清清,土芬芳,生长在浜沟里的野茭白特别的茂盛、粗壮。每次采摘到那纯天然、原生态、无污染的野茭白,既可生吃,口感嫩香,有微微的甜味,也能拿回家当菜炒着吃,味道鲜美。在采摘野茭白的过程中,由于茭白叶子十分锋利,手上、胳膊上经常被划伤,留下一道道口子,但大家还是其乐融融。因为,在那"糠菜半年粮"的饥馑年代,能吃到野茭白,可谓是一种享受。当今这野茭白成了餐桌上一道稀贵的特色名菜,价格尽管要比种植的茭白高出几倍,但还是供不应求。

过去,在炎炎夏日里,行走在河沟沿的乡间小路上,不时地会从河沟里传来鱼儿的嬉水声,那是河沟里的黑鱼、青鱼常常会躲在茭白叶间或乘凉,或跳出水面吃茭白叶。此时经常会有垂钓者,拿着钓鱼竿在搜索巡视,只要发现哪里的茭白叶被吃掉,那里便是黑鱼、青鱼经常出没的地方,也正是垂钓的最佳位置和最佳时机。因此，那时候也经常看到垂钓者在茭白园里钓到几条肥硕的大黑鱼、大青鱼后兴高采烈的欢乐情景。

那时候，我家老宅院四周有宅沟，宅沟边都种植茭白，沟水清澈，温雅怡人，风乍起，吹起一池涟漪。尤其是夜晚，这里的景色格外迷人，池小能将月送来，月落小池，池水泛起白银般的波纹。沉醉在妙曼的夏夜里，清风徐来，禾香淡雅，夹杂着悠扬的虫鸣声，真似仙境一般。

茭白不但能欣赏，能食用，味道鲜美，而且还有较高的营养价值和保健功效。研究发现，茭白含有丰富的维生素。嫩茭白的有机氮素以氨基酸状态存在，并能提供硫元素，营养价值较高。茭白还具有利尿止渴、解酒毒、补虚健体，能退黄疸、清热解毒、催乳等保健功效，既是鲜嫩可口的菜肴，也是养生佳品。

如今，茭白已被种植户成片种植，很少有农户人家零星种植的。野茭白除了滩涂上还生长着之外，河沟边因受到化肥农药伤害等原因，几乎见不到。那熟悉的宅沟边，曾经触手可及的茭白，以及野茭白园里的热闹场景，只能存在于回忆中了。

然而，那种植户种植的成片茭白虽然有着碧绿连天的壮观情景，但这不是记忆里那河沟边茭白组成的一道道静静的、温馨的风景，更是没有那种魂牵梦萦、心心念念野茭白园中的趣味。

冬日公园暖意浓

　　进入三九季节的上海，寒流接连而至，一直降到冰点，走在街头的人们形迹匆匆，人流稀少。当来到位于东江湾路 146 号鲁迅公园里，却是另一番景象。公园内阳光和煦，人头攒动，熙熙攘攘，热闹非凡。目力所及，这里成了老年人的欢乐天堂，处处欢颜，洋溢着一派热气腾腾、暖意浓浓的气氛，边走边赏，好不快活，好不怡然。

　　走进文化广场，这里有一群群老年舞者，在悠扬动听的舞曲声中，翩翩起舞，柔美舞姿，激情奔放；数百名老年男女组成的合唱队，在手风琴者的伴奏下，放声高歌，豪情满怀，热情高涨；一组组老年打拳者们，聚精会神，一丝不苟，摆动着各种拳姿，强身健体；三三两两的老年书法爱好者，用自制的毛笔和瓶装水，在水泥地上练习，那笔力遒劲、雄浑饱满、韵味十足的行书、楷书、隶书、草书等各种字体，赢得围观者们的连连叫好。可见这种练字方法，既可陶冶情操，又能运动筋骨，对养生不无裨益。

在行道树下，几组老年扑克爱好者，他们不顾寒冷，兴致盎然，我凑过去看到他们不声不语，沉着应对，尽情出牌，其中即使对方有出错牌，但他们表现得心平气和，不计较不责怪，有时会褒贬几句，稍纵即逝，一笑了之，和睦相处，其乐融融。

迎着暖阳，沿着曲径通幽的小道信步，一棵棵高大的行道树、一座座典雅的古桥和一幢幢浑朴而风情的建筑一一呈现，人工湖、假山、名人雕塑、鲁迅塑像、鲁迅纪念馆、震撼近代史的尹奉吉义举纪念地梅园……慢慢走，穿越芳华岁月；细细品，光阴里的精彩故事。坐着太师椅怡然自得的鲁迅塑像四周松柏参天，浓荫蔽地，清幽雅静，庄严肃穆，仿佛让我感受那过往岁月中的人生场景。鲁迅先生立足乡土创造出的祥林嫂、阿Q、孔乙己等不朽的艺术形象，至今仍在警醒着世人，我仿佛看见了一位伟人，正高举"投抢""匕首"，从正义和勇敢的胸腔里，发出庄严的宣誓，胸中不由升腾起崇敬之情。

来到湖岸边，满湖的碧水结起薄冰，映照着阳光，碎银子般的光，闪闪烁烁，刺得人眼花缭乱。湖水的色彩缤纷，连湖岸上的景致也变得活泛、灵动起来。柔风轻拂，甚是悠闲，树叶摇曳间，阳光透过密密匝匝的枝叶，为地面涂上斑驳的色彩，与林间绽放的梅花，错落有致，相映成趣，璀璨而耀目。置身其间，绿拥湖水映石桥，堤桥相连，草绿花香，景色优美，仿佛走进了一个人与自然和谐的绿色世界里，在和风的爱抚下，空气中弥漫着甜润的味道，人们的心情和兴致也变得格外舒适、舒畅。

在湖畔，有几位老者，他们排成一列长队，悠闲地或是坐在轮椅上，或是坐在湖边的长条木椅上小憩，谈古论今，怡然自得，他们个个笑容满面，保持着良好的心态和充沛的精力，成为上海大都市的一幅风情画。

冬季日短，不知不觉，暮色降临，在晕红的晚霞中，公园内披上了丝丝缕缕的五彩霞光，影影绰绰，安详、静谧。徜徉在那份愉悦和轻松之中，无限的遐思和宁静淡然的情愫悄然升起，颇有醉人之意，让我流连忘返……

灵动风韵狗尾草

　　狗尾巴草,是一种野草,属禾本科狗尾草属。其花穗形似小米(即谷子),又像狗尾巴,因此得名。狗尾巴草,生命力极强,在家乡崇明岛上,田间地头,沟沿河滩,林边路旁,随处可见。

　　早春三月,春寒料峭,一株株顶着嫩芽的狗尾巴草顽强地舒展出优雅的身姿,长出绿莹莹的幼苗,尽情地展现着生命的风采;绿意盎然的夏日,狗尾巴草吐出花穗,长出茸茸的细细的毛刺,格外妩媚动人;经历了春风夏雨的洗礼之后,狗尾巴草在秋日里结出饱满的草籽,唱着生命的赞歌,在阳光下摇曳着金色的光芒。一直到冬日枝叶枯黄,花籽落入泥土越冬,等待着书写生命的历程……

　　旧时的乡野,狗尾巴草在阳光雨露的滋润下,在那纯天然、无公害的环境中生长。几场春雨过后,它连同马齿苋、蒲公英、茅柴草、铜钿草等杂草一起,飘摇出一片灵动风韵的盎然绿意。转眼间,枝叶茂盛,株形紧凑,挤挤挨挨,蓬勃生机,光鲜夺目,十分美观,成为乡村一道生态自然的靓丽风景。

然而,多年来,由于遭受化肥、农药以及种类繁多的杀草剂、杀虫剂等环境的影响,以至生长在野地的狗尾巴草连同其他野草一样,它们的命运到了几乎无法生存、临近灭绝的边缘。其实不仅是野草,就连与人们朝夕相伴的鸟儿也渐渐绝迹,失去了踪影。

近年来,在崇明生态岛的建设中,家乡大量种植果树名木,并以一镇一品、一镇一花,美化生态环境。同时,还减少了化肥、农药的使用,以使狗尾巴草等野草得以重见光明,焕发新生,茁壮成长。狗尾巴草,在岁月的长河里充分地展示着卑微而又顽强的绿色,以及那独特的魅力,给人以超凡脱俗之美。平淡而安静、素雅而美丽,这也许就是狗尾巴草的品质吧!

据《中草药汇编》中称,狗尾巴草全草、花穗、根和种子均可入药,有祛风明目,清热利尿的功能,可治风热感冒、目赤疼痛、黄疸肝炎等症,外用还可以治颈淋巴结核等,可谓全身都是宝。

冬日的一天,走在乡间的路上,望着林间、田间、河沟岸边,那一丛丛、一簇簇狗尾巴草,在风中摇曳,内心深感欣慰。这里不仅成为美丽乡村的一道风景,而且还是鸟儿的乐园,那狗尾巴草与其他野草一样,成为鸟儿们越冬和生儿育女的栖息地,那狗尾巴草籽更是鸟儿们越冬食品中的最佳美食。

不知不觉,暮色降临。在晕红的晚霞中,眼前一群麻雀从天而降,美丽的倩影翩翩飞舞,散落在长满狗尾巴草的草地上,那一瞬间,犹如从天空飞来的天使,跳跃着、欢唱着,组成了一幅动静合一、人与自然和谐相处的丹青画卷,给厚重的故乡平添了一份冬日的浪漫和温馨……

水兵喜爱小笼包

20世纪70年代初,我参军来到海军北海舰队,时任某部军舰上炊事班长。一次,我与舰上的军需一起到上海出差,无意中来到城隍庙吃了一回南翔小笼,觉得味道特别鲜美。这让出生在河北的军需感到惊喜,从小吃"狗不理"包子长大的他,连连夸赞南翔小笼,小巧玲珑,风味独特。

我俩回部队时乘坐在客轮上,还回味着南翔小笼的美味,商量着回部队后,将南翔小笼这一小吃推广到舰上,以改善舰上的伙食,丰富舰艇在海上单调枯燥的生活。

回部队后的当晚,军需便召集炊事班的同志把做小笼包的想法同大家一合计,得到了一致赞同。第二天,大家劲头十足,没有小笼屉,就用大笼屉替代,和面的和面,剁馅的剁馅,擀皮的擀皮,包的包,很快小笼包好了。随着腾腾的热气飘逸出来,香气扑鼻,分外诱人。虽然战士们做的小笼没有正宗的南翔小笼均匀美观,味道也比正宗的差许多,但战士们吃过之后,赞不绝口,都说在部队吃惯了大包子、大馒头,吃到精巧的小笼包,感觉不一样,真是爱不释"口"。

消息传开,停靠在我们舰一旁的其他舰艇也纷纷来舰取经,效仿着做起了小笼包。一时间传遍了整个舰艇部队。

逢年过节,部队都有包饺子的习惯,可在此时,舰上有的战士也将其改变为包小笼包。看到大家争着吃得津津有味、畅快而愉悦的情景,我和军需的心里美滋滋的,一股自豪感油然而生。

说来也巧,到了 70 年代末,我担任该舰的副政委。那年,战舰到上海执行任务,我便让炊事班的同志特意到城隍庙买些南翔小笼,一方面让战士品尝,一方面也可以从中学到一些配料和制作方法,以使舰上自做的小笼包味道进一步得到改进和提高。

如今,我已从当年风华正茂的青年,成为年已花甲的老人。但当年舰艇部队吃小笼包的情景,却深深地刻印在我的脑海中挥之不去。

温馨醇香小笼情

提起小笼包子，人们并不陌生，各地都有，随处可见。但是其风味独特，百吃不厌，名声远扬，吃过之后让人流连忘返，难以忘掉的，却为数不多。作为上海非物质文化遗产，至今已有100多年历史的嘉定南翔古猗园的"南翔小笼"应是其中的佼佼者。在当今小吃中，其经历弥久，盛名不衰，无愧于誉满天下的特色名点美食。

相传，南翔小笼创始人黄明贤出生于嘉定南翔镇，早年开设日华轩糕团店，经营南翔馒头，他天天挑着馒头到古猗园叫卖，因大肉馒头味道鲜美，脍炙人口而出名。同行者闻风而动，都来古猗园叫卖大肉馒头，使黄明贤的生意受到影响。于是他对大肉馒头采取"重馅薄皮，以大改小"的办法，并经过严谨细致的多道传统工序，选用精白面粉紧酵擀成薄皮，又以精肉为馅，用鸡汤煮肉皮取冻拌入，以取其鲜；馅肉撒入少量研细的芝麻，以取其香；还根据不同季节，加入蟹粉或虾仁或春笋等时令食品，以取时鲜。每只包子折褶14个以上，一两面粉制作10只包子，形如荸荠呈半透明状，小巧玲珑。出笼时，任取一只放入小碟内，戳破皮子，汁满一碟，为佳品，逐步形成皮薄、汁鲜、肉嫩、馅丰的特点。加之搭配合理，无论从营养学角度，还是从味觉感观上分析，都恰到好处，南翔小笼渐渐开始成名。

黄明贤制作的南翔小笼靠质量和信誉赢得市场份额，名气越来越大，同行老板抓住商机，纷纷效仿，以使南翔小笼很快在上海及全国各地都见其身影，日华轩名声大振，深受人们青睐，赞不绝口，争相来吃南翔小笼。1963 年古猗园重新恢复经营南翔小笼，从民间征召做小笼的师傅，不断改良配方重整南翔小笼。1981年 6 月南翔小笼由嘉定速冻食品公司生产，投入国际市场。1984年上半年即向日本、香港、澳门、马来西亚、加拿大等地区出口，南翔小笼从此走出国门，闻名海外。近年来，南翔小笼享誉世界各地，荣获许多殊荣，2002 年 6 月荣获"第四届中国烹饪世界大赛金奖"、2002 年 10 月荣获"第十二届中国厨师节金厨奖"、2002 年11 月荣获"中国名点"称号、2004 年 3 月荣获"上海首届餐饮文化博览会金奖"、2006 年 8 月荣获"上海名点"光荣称号。

有道是，到一地旅游，品尝当地小吃，乃乐事。因为小吃往往代表一个地区的风俗民情，既具有独特风格，又价格实惠。但要碰到味真意浓，百吃不厌的小吃并非易事。在南翔要买到传统工艺做得精，质量高，信誉好的"南翔小笼"也是颇费一番周折的。每逢旅游季节或节假日，只要古猗园"南翔小笼"一开门，常常被吃客们围得严丝合缝，排队购买，想吃就得耐心等待。大街上尽管卖南翔小笼的比比皆是，可古猗园里的小笼却是一笼难求。如果到了南翔，不吃到古猗园的小笼,就枉来古镇了。其实,我认为,来南翔古镇,吃的已经不仅是小笼,更是一种文化,一种情怀。如今,南翔小笼,已成了南翔古镇一道靓丽的风景……就我而言,更是对其充满了一种情感。

我在南翔镇与小笼结缘要从20世纪90年代初起,那时我刚从部队转业回上海,工作分配在市区,住房安置在嘉定。于是经常利用星期天、节假日到南翔古猗园品尝小笼,而且每次尝罢之后,也总忘不掉给家里人带上一份共同分享。每当将带回家的小笼蒸在锅里,那咕嘟咕嘟的声音,像是小笼在轻声私语,腾腾的热气冒出来,厨房里的香气就更加浓郁。当一大盘热气腾腾的小笼端在手中,在点点的热气里弥漫开来,极为诱人,真是鲜香扑鼻,暖心暖胃,一家人沉浸在这小笼的鲜香中,沉醉在浓浓的亲情里。

前些年,我从嘉定搬到市区,尤其是退休后,去南翔古镇的机会少了,但对南翔小笼的一份美好记忆依然在。于是,我就按南翔小笼的配料和制作方法学着做小笼,从超市买来自发面粉,想吃小笼时,便自己动手,就地取材做起来。尽管味道比不上正宗的南翔小笼好吃,但能随做随吃,既方便又新鲜。当然有时实在忍不住想吃正宗的南翔小笼时,就让儿子驾车一家人特来南翔古猗园品尝小笼,一边大饱口福,一边欣赏着古色园景,畅快而愉悦,仿佛又回到了以前,浑身透着舒坦。

南翔小笼,观之色泽雅致,闻之芳香扑鼻,食之鲜嫩爽滑。闲了、馋了、累了、饿了,到南翔古猗园来坐一坐,点一份南翔小笼,尽情享用,尽情陶醉,悠然自得,其乐融融,一股暖流涌上心头,什么忧愁、烦恼顿时烟消云散了。

小区四季飘花香

　　我们大都喜欢天南地北到处赏景,可赏景未必需要去远方,只要稍稍留意,身边的景色也会让人赏心悦目。我们居住的小区,绿化带内,庭前屋后,路边道旁,除了种植樟树、棕榈、黄杨、罗汉松、红叶石楠、冬青、竹子等四季常绿树种外,还种植了梅花、海棠花、玉兰花、茶花、樱花、桂花、杜鹃花、玫瑰、桃花、枇杷等品种繁多的赏花树种,一年四季泼红嵌绿,景色宜人,浮动着沁人心脾的幽香。

　　冬天,梅花、茶花、枇杷花,迎着寒风,不畏艰难,傲首枝头,黄的、紫的、红的,花枝招展,汇成一片多彩织锦,随风摇曳,满院飘香,给寂寞的寒冬带来迷人魅力和生机活力。

　　寒冬刚过,春回大地,万物复苏,玉兰花顶着寒风,迫不及待地悄然绽放,雪白的、粉红的,在和煦的春风里争妍斗奇,灵秀清雅,白的花朵如白鸽振翅欲飞,紫的花朵如烛炬高耸,给小区抹上了特有的光亮,绚丽夺目。

春意渐浓,阳光灿烂。到了春分前后,粉红的樱花和桃花,鲜红的海棠花,含苞待放,舒展腰肢,像一群抿嘴发笑的小姑娘,满树浪漫。草坪上许多不知名的野草花,被晨露沐浴得艳丽无比,真是"新晴原野旷,极目无氛垢"。

转眼到了清明时节,气温逐渐升高,行道旁的那一排排杜鹃花、玫瑰花迎着春风暖阳朵朵花蕾渐渐挣开花苞,一片鲜红,一簇簇、一丛丛,密密匝匝,挨挨挤挤,浓烈艳丽,在枝头尽情绽放,如云似霞,如笑如虹,分外妖娆。

夏日里,那种植在亭子旁、行道边、花坛里的栀子花热情奔放,花团锦簇,生机盎然,在阳光下闪耀着波浪般亮光,温婉而洁净,美不胜收。一阵阵微风拂过,散发出阵阵清香,足让人沉醉如梦。

金秋时节,那几十株桂花竞相开放,清新、自由、沁人心脾的香味弥漫整个小区。桂花与热烈、灿烂、缤纷绚丽的色彩,调和成了秋天美丽的图画,这样的景致你又怎能不陶醉其中。

还有那一片片红叶石楠,虽不是花树,但它却非花胜似花,那树叶会变色,像一块调色板,从嫩绿到翠绿,又从深绿到墨绿,再从淡黄到深红,交替变换着颜色,一茬接一茬,绿了又红,红了又绿,绿得油亮,黄得艳丽,红得灿烂,婷婷娉娉,风姿绰约,给小区增添另一番妩媚柔情的色彩。

生活在四季花艳、鸟儿和鸣的环境里,放飞心情,愉悦心境,无不让人神清气爽,心旷神怡。

烂漫无名野草情

秋日,来到故乡,行走在乡间的路上,呈现在眼前的是那成片挺拔的银杏树,枝繁叶茂,遮荫蔽日,令人心醉。银杏树,也是崇明生态岛建设中,作为"一镇一品""一镇一树",家乡堡镇的一镇之树。然而,漫步林间,一路芬芳相伴,放眼望去,那成片的花海,与高大的银杏树融为一体,相映成趣,更加令人欣喜。开始,以为这些花也是人工种植的观赏花,后经向乡亲们了解得知,它们都是野生的,但如此茂密,美不胜收,不亚于种植的观赏花,让人心神流连……

据乡亲们介绍,这种不知名的野花生命力极强,不需施肥,不需栽培,自然生长,只需阳光雨露的滋育,便会看到它独立林间的神韵。据说,那些花儿的种子是飞鸟衔来的,风儿吹来的。初春时,从那静守了一个冬天的泥土里发出新芽,长出幼苗,密密匝匝,挤挤挨挨,远远望去,像是一块巨大的翡翠,团团地窝在那里,充满活力。转眼间,一场春雨过后,野草长到一尺多高。绿油油的,枝枝缠绕,纤细婀娜,花叶纷繁,蓬勃地伸向蓝天,纵情地伸出枝丫,煞是迷人。野花春末初夏绽开,一直到秋天,一茬接一茬,常开不衰。花朵以白色为主,间有黄的、粉的、红的、紫的,远远望去,一片花海,气势磅礴,甚为壮观。

琳琅满目的野花,千姿百态,优美高雅,花瓣像野菊花,枝秆像荞麦秆。花朵盛开时,颇有些"忽如一夜春风来,千树万树梨花开"的意味。一夜之间,一片片娇艳的色彩缀满枝头,花香四溢,引来无数蜂蝶,围着花儿飞舞、采蜜,分不清哪是野花,哪是蝴蝶,缭人眼花,沁人心脾。

野花时时展示着妖艳迷人的身姿。到了秋天,林间清静,秋阳高照,秋风吹拂,呼吸着带有泥土芬芳的空气,心旷神怡。林下成片的野花随风摇曳,缓缓起伏,光影闪烁,花流涌动,宛若天空中飘浮的彩色云朵;艳丽的花朵高低错落,相映成趣,无数花叶轻翻,又如满天星闪烁一般,频频向你点头微笑。时有鹭影翻飞于花草之上,时而又轻盈地降落在树枝上,间或鸣唱出几声单音节组成的旋律,大秀其动听的歌喉和美妙身姿,让人赏心悦目,仿佛置身于仙境之中。

野草叶,郁郁葱葱,愉悦心情;野草花,笑逐颜开,愉悦心灵。傍晚时分,天空湛蓝,白云朵朵,霞光满天,映照在野花上,一片金色,着实让人感慨震撼。夜晚,月亮爬上树梢,如水的月光静静地泻在野花上,薄薄的青雾飘浮在林间,田野里散发着泥土的浓郁气息,那生脆脆的虫鸣声四起,萤火虫眨着眼睛在花叶间穿梭,这种神秘又浪漫的情景,倍感柔和清凉。

　　有道是，一花一草，自有情怀，一茎一叶，自应珍惜。盛开在家乡林间的无名野草花，充满着蓬勃生机，她们追求着生命的价值，向人们展示着真善美。她们短暂的生命喷发出青春的活力，遍布在林间的每一朵小花都在展示它最美好的一面，提示人类追求生命的价值，使人生变得更加的丰富多彩。

　　野花默默不语，却丰赡了岁月，丰润了人生，引发了人们的无限遐想……

养生休闲憩栖地

北洋度假村位于崇明岛中部偏东的北沿合兴镇,地理环境得天独厚,交通便捷,东西南北四通八达,离上海长江大桥仅 8 公里,占地面积 30 余亩,是一处兼具生态、养生、休憩、观赏、文化功能的度假村。

走进北洋度假村,院内设有仿圆明园景观、小巧玲珑的苏式亭阁、艺术长廊、养生会所、健身中心、后花园、垂钓中心、空中庭院等为一体的综合性休闲、养生服务场所,给人以清秀文雅之美的感受,适应各阶层人群享受。

度假村以回归自然为主题,以体验为修身养性之本,让休闲度假者远离喧嚣的都市到迷人的绿岛来品味无污染的农家饮食、享受清新空气、领略乡野民俗、感受绿岛情怀、慰藉疲惫身心,置身于梦幻仙境般地自然、生命和绿色之中,尽享宁静、安谧、人与自然和谐交融的都市"慢生活"。

夜幕下的度假村,四周寂静,天空净朗,繁星闪烁,皓月清辉,处处散发着自然、和谐、淳朴的气息,让人们的身心得到最大的释怀。这里景点建筑轮廓错落有致,造型古朴典雅,与自然环境和人文景观完美结合,相得益彰,真可谓是"生态福地""自然氧吧",养生休闲的理想之地。

来到北洋度假村游览观光的人风趣地说:"这里环境整洁,绿意盎然,尽享田园生活,常有欢声笑语盈耳,天伦之乐满目;看农家景,吃农家菜,体验农家生活,领略农家风情,让人敞开心扉健康养生,体验一把神仙过的日子。"

清晨的度假村有着别样的风情。一阵阵薄雾,弥漫着向度假村飘来,将园中的建筑笼罩得隐隐约约,宛若朦胧仙境。太阳升起来了,躲在薄薄的云层里,阳光从云和天的缝儿里漏出来,折射下五彩斑斓的光,似给度假村镶上了一道道金边,美不胜收。

放眼远望,度假村一侧的四溦河碧水涟涟,微风习习,两岸芦苇青翠,摇曳生姿,河沿上绿树蓊郁,坡地花草盛开,只见那麻雀、喜鹊、白鹭……在树丛上空展翅盘旋,或栖息在枝头悠然自得,观之,心情亦随之轻盈。

离度假村东南不远处的友谊村,有个徐家大潭,徐氏家族属地,相传在1000多年前的宋朝已形成,当时面积200亩,在20世纪40年代末还有六七亩,如今只剩下2亩多,被当地称为无底洞、救生池、救命水。据称潭底直通大海,有30多米深,水生物特别丰富,潭中之水取之不尽,用之不竭。当年,家乡遇到干旱时,其他河沟的水干枯,唯有该潭之水源源不断,因此在民间流传着许多美丽的神话故事,吸引着人们来这里参观游览。

　　度假村附近还有一处有着近百年花卉历史的园艺村,曾孕育出"施家花厢"的水仙花成为闻名全国的品牌;如今又种植 1 000 多亩的黄杨树,作为特色产业,入围上海市乡村振兴示范村创建名单,成为名副其实的黄杨村,人们可以随时前去观赏,享受大自然的美好景色。

　　北洋度假村,这里有许多大城市里找不到的幽静、朴实和平淡的情景,充满着温馨和谐,洋溢着诗情画意,悠哉乐哉,叫人难忘。

心弦动人

情有独钟北外滩

　　自从 1993 年从部队转业回上海工作后,经历过三次住房搬迁和置换,最后搬到了北外滩地区。新搬的小区坐落在离公平路码头不远处。我对此地区兴趣盎然,绝不仅因为地段或有别的原因,主要缘于我对这里有着情有独钟的情结。

　　当年,我在海军北海舰队服役,每次回崇明老家探亲,都是坐船至公平路码头。在部队服役 23 年间,有 10 多次往返,都在这里停留。有几次从老家坐船到了市区,买不到当天去大连的船票,就在公平路码头附近找旅馆住,因而对这里的一街一巷、一店一铺了如指掌。

　　在我的印象里,当时的北外滩一带,都是些低矮的两层小楼房,底层为商店,上层为住房,很少有两层以上的高楼房。沿街店铺密集,商品琳琅满目,尤其是公平路通往码头的一条街,几乎都是餐饮店、食品店、杂货摊,鳞次栉比,彻夜灯火通明,不绝的欢声笑语,人群中夹杂着来来往往挑着担子做生意的小商贩,叫卖声此起彼伏,满街满巷人声鼎沸,川流不息。还有那些乘船下船的人,大包小包,肩扛手提,人来人往,摩肩接踵,热闹非凡。那时候的上海客运船队十分壮观,自当年的"长征"轮开始,到"长锦、长绣、长河、长山"轮等一批规模可观、设施现代的船队,但也满足不了客运的需求,总是一票难求。

自改革开放以来,随着现代交通发达到极致,在高铁、动车、飞机、高速公路四通八达的今天,海上客运相对落伍了,公平路码头完成了它的历史使命,退出了历史舞台。如今的公平路码头已成为北外滩滨江绿地的一部分,与浦东陆家嘴金融圈隔江相望,遥相呼应,东方明珠、国际会议中心、环球中心、金茂大厦、上海中心等标志性建筑就在眼前。这里有风景如画的滨江绿地公园、游艇码头、国际客运中心、白玉兰广场,商务办公楼与居民住宅楼融于一体;这里更是以独具匠心的设计和巧妙合理的布局,建成了绿树成行,绿草如茵,环境幽静的临江健身跑道,以及形态各异的观景平台、亲水步道和人行景观桥,从而形成了生态环境独特、航运文化浓郁、文创产业独具的旅游休闲活力城区。这里专门设置了文化长廊玻璃墙,用图片和二维码展示"码头衍变""西学东渐""名人踪迹"等故事。市民、游客可在这里领略浦江两岸风景的同时,也能在浦江沿岸历史变迁中接受文化魅力的熏陶。

北外滩与我居住的小区很近,这里也成了我晚饭后散步、赏景常去的地方。夜幕降临,华灯初上,眺望北外滩,美丽的草坪、清澈的浦江水、穿梭的游船、高耸的建筑,与浦江两岸那迷离的霓虹灯、旋转灯等四处流淌的各色景观灯相映成趣,宛如一块巨大的美玉镶嵌在上海这片寸金寸土的都市宝地,成为城区一道靓丽的风景。每当此时,滨江大道上,游人如织,他们踏着欢快的脚步,有手挽手的情侣,有携带儿女的夫妻,有往来奔跑的孩童,享受着甜蜜的生活。其间,还有不少洋人,也融入其中,给滨江大道增添了无穷的魅力和色彩。

漫步北外滩,浦江两岸美景尽收眼底,水清岸绿,鸥鸟翻飞,婉转啼鸣,曲径通幽,环境生态,空气清新,景色秀美。整个滨江绿地,名优苗木,郁郁葱葱,四季花树,争奇斗艳,春夏秋冬,满园浮动着沁人心脾的淡雅芳香,构成一幅大自然的美轮美奂画卷。置身其间,一种悠然自得的情怀油然而生,20 年前在公平路码头坐船的情景已一去不复……

北外滩,伴着黄浦江的古韵新曲愈来愈魅力无限。

有感三逛大世界

停业了 13 年之久的大世界,终于在 2016 年 12 月 28 日开始试运行,并于 2017 年 3 月正式营业,对公众开放。于是,近日我和妻子逛了一次大世界。这次来大世界,也是我人生中第三次到这里游览。三次游览,给我留下了三次不同的感想。

记得第一次来大世界,是在 1962 年的冬天,那年我 14 岁,是跟随哥哥一起来的。那是我人生中第二次离开家乡崇明岛到上海市区,也是第一次逛大世界,更是填补了当时流传的"不到大世界,枉来大上海"那句口号的空白。在当时,作为一名农村的孩子能逛上一次大世界,可算是真正见了一次大世面。那次游览大世界,从上午一直玩到晚上 10 点多才恋恋不舍离开。从看那或高或矮或胖或瘦趣味十足的哈哈镜到看滑稽、魔术、杂技、电影以及听沪剧、评弹、越剧等,台上的戏演得热闹,台下的人看得入神。大世界的演出,那流水一般的旋律,无懈可击的技巧,爆发力极强的高难度处理,无不达到醍醐灌顶的效果,引来观众掌声雷动。

大世界,所到之处都挤满了人。大世界那如此欢乐热闹的场面,以及那高耸的门楼圆塔,具有雕塑般的轩昂气派与造型美感的标志性建筑,还有那九转三回却又四通八达的连廊,无不给我留下了深深的印象。直到以后在 60 年代末到部队时,每每在战友面前讲起逛大世界的情景时,亦引以为豪,至今难以忘怀。

第二次来大世界,是在 1995 年。那是我从部队转业回到地方,被分配在市区工作,便利用星期天休息时间,特意逛了一次大世界。那次逛完大世界后,给我留下的印象与 30 多年前相比,简直是大相径庭。唱主角的不再是戏剧类,而是非戏剧性的碰碰车、桌球、舞厅、音乐厅等游艺项目,并成为"竞技世界"中的"大世界擂台"和"大世界吉尼斯纪录擂台"等活动场所,而且游客也比 30 年前少了许多,显得有些空荡、冷清。可以说,昔日那人们心目中的大世界形象和风光已渐行渐远了。

然而,今次来逛大世界,除了自 1917 年大世界开张时,从荷兰漂洋过海来到这里,至今仍保持着原汁原味的 12 面哈哈镜之外,无论从整体格局,还是节目内容上都发生了较大的变化和创新。如今的大舞台,成为沿袭传统、跨越创新、汇聚杂技、曲艺、歌舞、群艺的展示平台,内容更丰富、更翔实、更活跃;这里的非遗原生态展厅,提供展示、互动、交流、研讨平台,并持续邀请国内外非遗传承人参与;这里的传习教堂,为传承人、匠人与习者、观者、兴趣者提供互动、交流、研讨的非遗社交平台,还特设远程互动系统;这里的民俗文化展,引进全球珍贵三民文化项目和作品,既有流传至今的技艺和表演,也不乏世界性民俗文化遗产;这里的 VP

非遗展,更是借助国际顶尖虚拟现实技术,使体验者穿越百年街景,置身历史时空,看场景品文化。走马观花大世界,热闹、喧嚣、琳琅满目,现代与传统交相辉映,魅力无限,令人心生敬佩。

丰厚的历史底蕴和独特的人文家底,是一座城市的魅力所在。抚今追昔,这座建于1917年的上海大世界,总面积15 000平方米,是老上海人重要的游乐天堂,人称"远东第一游乐场",曾是海派文化的地标,亦是海上娱乐的经典,曾经嵌入几代人的记忆,更是在我们这座城市的时光流云中,弥散出温馨的岁月沧桑。其间,大世界几经变迁。先是从旧时的市民休闲的佳地、三教九流的集会地,到新中国成立后,1954年的"人民游乐场",1966年8月的"东方红剧场",1974年10月的"上海青年宫"等多次更名,直至1987年1月25日又重新恢复大世界的名称。但是在人们的心目中,无论怎么变更,大世界的名字总是根深蒂固。这次大世界的重新开放,以全新的面貌展现在世人面前,并以"非物质文化遗产"与"民俗、民族、民间"为主题,具有非遗展览、非遗表演、非遗传习、数字非遗和非遗美食五大功能,从而使海派文化的优良传统在人们"白相"过程中得以深化、弘扬和传承。

是呀,让大世界,乃至整个上海这座城市始终记住这美好的名字,她会唤起人们心灵文化的提升,生活环境的净化与真善美的追求。

人生最美是军旅

　　也许,时光可以带走许多往事,但有一种记忆却令我刻骨铭心,魂牵梦萦,那就是难忘奉献国防的军旅岁月。

　　那年,我怀着对军营的向往和对军人的仰慕应征入伍。许多年过去,依然记得入伍时的情景:60 年代末一个隆冬之夜,我们腰间挎着军壶,肩背背包,在乡亲们的簇拥下,精神抖擞地踩着乡间小路告别故土——崇明岛,一路北上,踏上了新的人生征途。这一头扎进去就是整整 23 个年头。

　　军营,是我踏上社会的第一所学校。在那里,我学会生活、学会吃苦、学会奉献、学会宽容、学会进取和务实;在那里,我训练了体能、磨炼了意志,经受了苦与乐、生与死的考验;在那里,我丰富了知识、开阔了视野、增长了才干;在那里,记录了一个农村孩子成为一名部队指挥官的成长历程。

　　感恩之心,感激之情,常常使我热血沸腾,豪情满怀。闲暇之余,我时常回忆起在军营时的艰苦场面。入伍后,由于先后在舰艇部队执行海上战备巡逻,在观通部队驻守高山海岛以及在工程部队长年在野外施工作业等,环境艰苦,生活单调、寂寞、枯燥、乏味……在那些日子里,难忘与战友们留下这一串串深与浅、曲与直、苦与乐的足迹,更多的是无私无畏的牺牲和无怨无悔的奉献。

23 年的军队生涯,弹指一挥间。如今,我脱下戎装,转业到地方工作也有 20 多年,但却脱不掉军人的纯真与作风;退出了现役,褪不去军人的本色和激情。对部队的思念依然强烈,有时只要想起部队生活,眼前就会浮现出与战友们一起出操、训练、谈心以及与一批批退役老兵依依不舍挥泪告别的情景。

离开了军营,总有一种曾为军人的自豪感,时常会梦见威武的官兵们风风火火,紧张有序地训练和学习的身影,以及军徽在风雨中闪耀光辉的情景。有人说得好,"无数军人集中起来就是一道长城,无数军人分散开来那是一杆杆红旗"。是的,我深深感谢军队这所大学校,她锻炼了我的意志、陶冶了我的情操、开阔了我的胸怀。

军旅生活难忘,难忘军旅生活。军人的称谓是我们永远的骄傲,军人的作风是我们永远的财富,军人的生活是我们永远的激情,军人的经历是我们永远的荣誉。

从刚满 20 岁的青年来到军营,到 23 年后告别军营,我把人生最美好的年华留给了她,我把经历和成熟留给了她,我也把我的脚印深深地留在了这里。

我在军营 23 年的过程,就是学习的过程,受教育的过程,是自我改造、提高修养的过程,这是我人生道路的重要阶段。这个过程使我受益终身,这个阶段奠定了我以后的人生旅程。

我爱军营,思念军营春夏秋冬的美景;我爱军营,难忘军营结下朴实纯真的官兵友情;我爱军营,难忘军营生活的每一天!

军营重逢战友情

　　2017年7月22日,一个阳光明媚的日子,在中国人民解放军建军90周年前夕,怀着无比期待的心情,来到阔别24年的第二故乡——旅顺口,参加海军806舰战友联谊会。面对波涛翻滚的大海,久别重逢的老战友们,其乐融融,畅叙友情,心潮澎湃。

　　20世纪60年代末,我参军来到旅顺,被分配在806号(当时为366号)扫雷舰上。在23年的军旅生涯中,先后历任806舰后37炮战士、炊事班长、前炮班长,1974年提干后先后担任扫雷舰大队大队部书记、806舰副政委、旅顺基地政治部干事、海军观通一团政治处主任、海军第二工程建筑处政委。1993年转业回上海地方工作。真是悠悠岁月,部队生活难忘。

　　在那23年的军旅生涯里,其中在806舰从战士到副政委共工作了近10年。在这10年中,与舰上官兵朝夕相处,同吃、同住、同训练、同学习,结下了深厚的友情。在那火热的军营里培植的那份理想,那份真诚,那种如兄弟般情谊,怎不令人百转千回地怀念? 然而,自从 1984 年初调离 806 舰到基地机关、其他部队和转业到地方工作之后,由于工作的繁忙和当时通讯的不便以及转业后身处异地等原因,与舰上官兵渐渐失去了联系,一晃 34 年过去了。

这次由李成丰、王如松等战友精心组织策划,经过近半年的努力,终于联系上分布在北京、上海、天津、河北、河南、浙江、江苏、山东、黑龙江、吉林、辽宁、湖南、湖北、福建、江西、广东等地近百名原在 806 舰服役的官兵,大家相聚旅顺,同庆建军 90 周年,激情饱满,格外喜悦。

在这里,我见到了当年的老首长、老领导,他们中有 93 岁的原扫雷舰大队大队长郭海和 83 岁的后任大队长王继义,85 岁的原扫雷舰大队政委安国辉,83 岁的原 806 舰政委刘振华(后任护卫舰大队政委),他们虽然年事已高,但个个精神矍铄,谈笑风生,神采飞扬,以慰多年思念之情。

在这里,更是见到了曾经英姿飒爽、威武年轻的战士,而今却都已迈入花甲之年,许多人已满头白发,竟一时难以辨认,后经大家自报姓名才终于唤起记忆,不一会便叫出了所有战友的名字。此情此景,令人动容,相逢相聚时刻令人开心极致。

联欢会上,大家回忆当年的岁月,无不感慨万分。那是年轻一代军人满怀报国为民之志,从五湖四海来到这里,怀揣勤奋学习,刻苦训练的热情,在舰艇这个特殊的环境里培养和锻造着自己不懈追求,积极进取的精神和奋发向上,勇于牺牲的品格。树立起坚定不移的理想信念,为了共同的革命目标,随时准备打仗去同生共死。战友之间,团结友爱,共同成长,有了困难,相互帮助;有了进步,相互鼓励;有了缺点,相互指正,真正成为工作上相互支持,生活上相互照顾,学习上相互关心的革命军人。那时,常常激荡着燃烧的激情,时时涌动着创造的活力。那种官兵之间言传身教,互助互爱,促膝谈心,亲如手足的浓浓情怀,至今仍历历在目,铭心刻骨,挥之不去。

尽管许多人年岁已高,也有不同的生活归宿,但当重温在806舰服役的那段时光,大家脸上顿时充满光芒,那是汗水与信念磨砺铸就的最美的青春年华,也是生命中最为华彩的部分,更是圆满完成使命任务,无愧于党和人民而感到自豪和骄傲的人生一刻。冬去春来,当年部队烙在身上的印记,始终未被磨去,并成为不断前进的源源动力。可喜的是当年从806舰走出来的战友,回到地方后,尽管人生的命运各不相同,或从政,或经商,或做工,或种田,但人人都在各自的岗位上努力拼搏,艰苦创业,攻坚克难,取得了骄人的成绩,其中有的走上了领导岗位,有的成为颇具实力的厂长、经理、企业家……但不管身在何处,身居何职,他们都以曾经是一名806舰的海军战士为荣,都把部队培养出来的优良传统和过硬作风视为自己终身的财富。真可谓,火红的岁月,火红的军营,终生受益,终生难忘。

人生最宝贵的是生命,人生最无价的是情缘。时隔34年,战友情谊深。回忆过去,心潮难平,军旅生活,记忆犹新,战友情谊,朴实纯真。这次聚会除了相互交流外,还组织参观了当年工作过的军营、军港和军舰,以及看到了正在建造的航母。面对新的装备,新的武器和新一代的军人,我们的思绪瞬间回到了曾经的峥嵘岁月和如今的强军之路,看到了中国军人的血性和担当,无不让人欢欣鼓舞,感叹不已。

多情的岁月,年轮的增长,飞逝的光阴,既增长了我们的阅历,也染白了我们的双鬓,我们的腰杆已不再挺拔,我们的双眼已不如以往明亮。30多年过去了,我们都已步入了老年。但无论岁月多久,战友情,情深似海,年轻时,是加油,是呐喊,是鼓励,是风帆;年老时,是问候,是牵挂,是叮咛,是祈福。难舍军营生活,难忘战友情深,34年后的这次相聚,必将成为我人生篇章中永远难忘的一页。

2017 年 7 月 25 日于旅顺黄金山酒店

家乡美景醉心田

——崇明美丽乡村建设见闻

　　水杉挺拔青翠欲滴,银杏绿叶迎风起舞,道路两旁花开艳丽,河水清澈环绕村庄,芦苇摇曳优雅身姿……近日,笔者走进家乡崇明堡镇地区的乡村,映入眼帘的是宛如一幅五彩缤纷、秀美醉人的生态田园风景画。

　　我的家乡堡镇,具有悠久的历史和璀璨的文化,人杰地灵,环境优美,是旧时崇明岛上四大名镇(桥庙堡浜)之一,是本岛工商业主要集镇,崇明岛东部地区经济、文化、军事和交通的中心,素以棉纺产业基地和鱼米之乡闻名遐迩,并有着数百年精耕细作的农耕文明传承。几经沉沦,而今这里借助着美丽乡村建设的东风,让昔日的家乡脱去旧衣换上新装,再次焕发出青春活力和无穷魅力。

　　在美丽乡村建设中,堡镇定为一镇一树的银杏之乡,这是借助当地有棵 400 多年历史的古银杏而命名的。经过近几年的努力,种植在遍及乡村的银杏树,郁郁葱葱,遮荫蔽日,充满生机,赏心悦目。这里的乡村已建设成为"生产生活小广场,人水和谐小流域,一村一品小产业,庭前院后小花园、乡村人文小景观",具有打造崇明世界级生态岛特色的新格局。从而,使村庄的整体风貌焕然一新,小康的乡亲们过上了城里人的现代化生活,人们的精神状态也随之发生了巨大的变化。

如今,漫步在田野乡间,蓝天白云,青田绿水,百草繁茂,风景宜人,鸟语花香,清新自然气息扑面而来。眼下,正是初夏时节,农民们忙着耙田备耕,准备插秧。只见田田水满,宛如明镜,亮丽清新,时而有几只优雅的白鹭安然地徜徉其间,还有偶尔传来鹅鸭的欢叫声,好一派和谐闲适和充满灵气的田野风景;到了盛夏,那绿莹莹的稻苗像"绿色地毯"似的铺满了田间,轻风吹过,绿波起伏,浩潮广袤,气象万千,空气里弥漫着稻苗的淡淡清香;金秋十月,水稻成熟,银杏成熟,上上下下金黄金黄的,在阳光下闪耀着光芒,民居小楼夹杂其间,暗红的瓦房点缀着金色的稻谷和那金黄的银杏,错落有致,成为人与自然和谐共处诗篇中一派生机盎然的优美景致。

清晨,当大地刚刚苏醒,东边的天空还未露出红晕,那些勤劳的人便开始田间劳作。此时,薄雾轻荡,炊烟袅袅,白墙黛瓦,光影交织,眼前的一切都被披上一层暖黄,也许这是晨曦下宁静的乡村呈现出的最美的色调和最动人的画卷。每当夜幕降临,夕阳涂抹着洁净的蓝天,朦胧的村庄在明亮的路灯映照下,那优雅怡人的社区文化广场上,前来健身、散步、运动和放松身心的村民络绎不绝,他们哼着家乡小调,伴着悦耳悠扬的乐曲,扭动着柔美的身姿,舞动成一条美丽的风景线,这里成为风景旖旎的天然舞台。微风中飘来月季、玫瑰的清香,沁人心脾,年岁大的老人们家长里短,谈笑风生,神采飞扬,其乐融融,别有一番滋味。

最是家乡美,这是漂泊的游子对生养之地的希冀与怀想,更是亿万中国人对一个美丽中国的憧憬和希望。走在故乡的路上,身临其境,这里的村庄原始肌里和历史文脉得到传承,这里美不胜收的自然风光不只是一幅画,还是一则故事,更能让人怀想与栖息。这里的一切仿佛让我又回到了过去,回到了曾经生活过的村庄……漫步在乡间,八九十岁的老寿星随处可见,比比皆是,他们生活俭朴,虽然高寿,但日常生活全能自理,或择菜做饭,或河边洗衣等。看得出,他们对自己简单殷实的生活十分满足。崇尚简单,心情舒畅,知足常乐,也许就是他们长寿秘诀。漫步在田野乡间,这里有现代化的高科技园区,也有留得住乡愁的老房、炊烟和田野。历史与现代交相辉映,或有一种风景,或有一种艺术,或有一种文化,或有一阕诗词,不经意间,便悄然渗透到你的心灵深处,醉了你的心,也醉了田田水水……

故乡野菊花情怀

　　过去,每到金秋时节,家乡的野菊花在明媚的阳光下,绚丽多彩,尽情绽放。放眼望去,那河沟沿、路边、田间地头,一簇簇、一片片的野菊花,挤挤挨挨,有黄的、有紫的、有白的,琳琅满目,经过秋雨的洗礼,涤去尘灰,黄的灿烂,紫的嘹亮,白的耀眼,仿佛能吹出一道惊艳的曲。那野菊花在秋风中摇曳,宛如万千蝴蝶在翩翩起舞,划出一道美丽的弧线。清晨的野菊花是明媚的,它丰富的色彩足以与清晨的秋阳媲美,特别醒目。此时,碧水、蓝天、野菊花构成了秋天一幅极美的图画,空气中弥漫着淡淡的清香,沁人心脾。

　　那长在田间地头平凡无奇的野菊花在当年老百姓的眼里,可谓是乡村一宝,人们对它情有独钟。那野菊花不仅是好看的观赏花草,还是乡村中一种深受人们喜爱的中草药材。那时候的乡村缺医少药,农户人家常年备用,药店常年收购干野菊花。据称,野菊花具有淡雅的清香,并含有腺嘌呤、胆碱、小苏碱和菊甙等有效成分,具有抗菌消炎、降压、明目和防治冠心病的作用。乡村偏方常用野菊花做成药枕,对辅助治疗高血压、神经性头痛、脑动脉硬化等疾病具有一定的效果。

有了经济利益的驱动,我们这些穷孩子绝不会错过这难得的"商机"。于是,我们在放学的路上,或是星期天、节假日经常结伴去采摘野菊花,采回后,将它精心晒干,卖给药店,换取零钱,用以补贴家用或买些学习用品。尽管采摘一次能换回几角钱、甚至只有几分钱,然而,这对我们这些贫困的农村孩子来说,可谓是一边读书,一边干活赚钱,减轻家庭负担的最好回报。

秋高气爽,秋风萧瑟,万物皆枯,百花凋零,唯有那野菊花迎着寒风,摇曳纤弱的倩影,精神十足,顽强绽放。"荷尽已无擎雨盖,菊残犹有傲霜枝。"野菊花那高雅妩媚的丰姿在寒风中傲然挺立。由此可见,野菊花看似卑微,风骨却是不一般。百花凋谢菊姗迟,霜傲筋骨风吹挺。野菊花,不择环境优劣,不挑土地肥瘦,饱经雨露风霜,挺立身姿,迎风招展,一路欢歌,默默无闻地执着坚守在河边,在野地,在林间隙地,唱出生命的赞歌,释放着动人的清纯与美丽。我们每一个人,都应有野菊花的傲骨和气节,敬畏这种接地气、不张扬,生生不息,积极进取的精神。人淡如菊,过一种淳朴的、平淡的、诗意的生活。

如今的故乡,这样的秋色已久违了。由于近年来受农药、除草剂的影响,不但看不到野菊花,连河沟沿的芦苇也很少见到,取而代之的,那一丛丛、一堆堆的"一枝黄花"有着极强的生命力,无论用什么高效的农药和除草剂都无济于事,依然灿烂怒放,常开不败。

盛开在家乡的野菊花,那动人的花姿,迷人的花色,醉人的花香,深深地扎根在我的心中,挥之不去。野菊花,重重叠叠,浓浓淡淡,相互辉映艳丽夺目的风景,时常在我的脑海中浮现。

野菊花,野花嫣然,情溢心头……

蔬菜盆景添情趣

　　在阳台上盆栽木本观赏植物是一项技术含量较高的活,如没有一点专业知识,即使费时费力,也难以养好。为此,不妨利用白菜、萝卜、土豆、红薯之类的边边角角,切一块放在盆中养植,既省时省力,又能养好,而且一年四季都可养植,久而久之,我与蔬菜盆景成为挚友。

　　我与蔬菜盆景的结缘是在一次偶然的机会。春日的一天早上,我在做菜时,看到切下来的萝卜顶端上已长出了芽苗,出于好奇,将它放在一个菜盘里,再加一些水,放在阳台上。结果三四天后,长得有三四寸高了,再过几天后,竟开了花,成为一只小巧玲珑的盆景。于是,我便用土豆、红薯、白菜等,以同样的方法制作,从而,增强了我对蔬菜盆景的兴趣。

　　其实,盆中养植蔬菜花卉的方法很简单,利用各个季节的时令蔬菜,都可以制作盆景。如春、夏、秋季,可用白菜、青菜的菜心或萝卜的顶端部位,切下后放在盆里,加上水,一般三四天后就会长出绿叶,再过五六天,便可开花,有白的、紫的、黄的,五彩缤纷,摇曳生姿,煞是好看。待到花落后,再将开过花的花茎部分剪掉,便可自然地从茎枝枝杈上继续生长、开花,一茬接一茬。这种蔬菜花卉,只要管理得当,每一二天换一次水,一般可维持一个月左右时间。那碧水、绿叶、鲜花,错落有致,相得益彰,真可谓是别有一番情趣。

若是在冬天,可用过冬的蔬菜制作盆景。将土豆、红薯、芋艿等,切一块带有芽头的部位,放入盆中,加上水,摆放在阳光充足的阳台位置。晚上温度低时,可搬到室内。只要保持适当的温度,三四天后可发芽,虽没有春夏秋季鲜艳的花朵,但那嫩绿的叶子,生长在茎枝上,真是晶莹动人,美不胜收,给寒冷的冬日里增添几份雅趣。

除此之外,冬日里还可用黄豆、绿豆、蚕豆等做盆景。先将它们用水浸泡,待发芽后,放在阳光下晒,遇到阴雨天,可搬到屋内避风处进行保暖。一般在适宜的温度下,四五天即可长成枝繁叶茂的秧苗,转眼间,绿油油的叶子挤挤挨挨地越发好看,生机盎然,玲珑雅致,成为一道超越生命力的风景。

一年四季,有了这些蔬菜花卉,不仅给阳台留一分自然野趣,而且也给生活增添了一份情趣。每当闲暇之时,来到阳台,那花花草草在阳光下熠熠闪光,空气中传来阵阵清香,让人顿觉清爽舒心。

眼下正值春暖花开时节,阳台上那些蔬菜花卉,千姿百态的花形,姹紫嫣红的花色,芳香四溢的花香,不仅给我观的情趣,还给我赏的快乐,更给我身心的享受,真是其乐无穷。

百年古树穿穿活

所谓"穿穿活",是地方方言,是否有其他芳名,不得而知。它是一种木本落叶植物。过去在崇明乡间农家的房前屋后常见的树种,有一人多高,手指粗细的杆,一簇簇,一丛丛,郁郁葱葱,密密匝匝,青枝绿叶,一片秀翠。

旧时的乡村,缺医少药,乡间常见的小毛小病,有不少都是用民间土方来医治。穿穿活可谓是一方良药,主要是当人们在干活时或生活中手脚等身体的某个关节部位扭伤时,用它来进行消肿治伤治痛。它是一种土药材,使用方法简便,效果比市面上卖的伤湿止痛膏还要好。

那时候,每当遇到扭伤时,取一根穿穿活,剪成若干小段,并按年龄大小掌握数量,年小者少量,年长者增量(约 10 岁以下 10 小段为宜,10 岁以上适量增加),放在水中煮开,大约 10 分钟后连同穿穿活一起,倒入盆中,或利用冒出的水蒸气熏扭伤部位,或待水温降到适当时(约 60—70 度为宜),用毛巾浸湿后敷在扭伤处，大约 10 分钟后，立见奇效，肿痛迅速消除，再反复用上两三次后，即可痊愈。

然而，近年来，随着中西医的普及，这种民间偏方渐渐地淡出了人们的视线，现在的海岛农户人家很少有种植穿穿活的，人们治疗扭伤也不用穿穿活，都会到医院用中西医药医治，年轻人更是不知道穿穿活是何物。

近日，我应邀来长兴岛寻访厚朴镇旧址时，顺便到陪同我的樊敏章先生的老家宅基地去看看。他家原先的住宅在厚朴镇东市梢街南，虽然老房子已拆除了，但种在宅后的那片树林还在，尤其是夹在其中的那棵穿穿活特别引人注目。据樊敏章先生介绍，这棵穿穿活是他太祖父在清朝光绪年间种下的，至今已有 130 多年历史，现已长成 3 米多高，无数根枝枝蔓蔓足足有圆桌面大。如此年长的树龄和茂密的枝蔓，实属罕见，真是神奇。

虽然，生长在厚朴镇的这棵穿穿活虽算不上名贵树木，但它与乡亲们相依相伴，默默地绽放出质朴、坚韧、灵动的历史文化风采。据樊敏章说，如今在长兴岛上，种穿穿活的人家很少，几乎找不到，附近村民遇到扭伤时，经常会想起这棵百年老树，这棵老树也总是无私地伸出援助之手，供大家享用。就在前几天，樊敏章的弟弟不慎把脚扭伤，他的母亲知道后，就让家人到老宅基上寻找那棵穿穿活，剪上几枝，切成若干小段，用它煮汤熏蒸扭伤处，很快就治好了。

面对此情此景，让我惊喜，让我感叹。我仰头观望，只见那棵穿穿活枝繁叶茂，苍翠欲滴，历经一百多年风霜、雨雪、烈日，依然质朴的在宅沟边那片杂树间顽强地生长,枝枝蔓蔓,血脉相连,英姿勃发,苍劲挺拔,生生不息,散发着淡淡的清香,静静地述说年轮之沧桑……那里面,也夹杂着我的思绪不经意间放飞到了故乡的童年,心中涌起一缕乡情,留下一片乡愁。

留声机里留风华

近日,由中国作协副主席叶辛作序,资深收藏家庄诺先生编纂的《岁月如歌——留声机收藏之旅》一书由复旦大学出版社出版发行。这是一部通过作者 10 余年的古董留声机收藏体会,全面系统地阐述留声机的起源与演变过程,介绍古董留声机的收藏与保养知识,并向读者描述古董留声机收藏的趣闻与经历,以及作者与舞蹈家金星、钢琴家傅聪等文艺名人关于留声机的对话等内容的专著。

19 世纪末,留声机的问世是那个年代最伟大的高科技产品之一,人类第一次能将声音永恒留存。到了 20 世纪二三十年代,留声机更是上海滩的流行时尚,留声机与黑胶唱片成就了上海成为远东最时尚的音乐前沿。如今留声机与旗袍、石库门构成了"老上海"最抢眼的文化符号,也是老上海人美好的回忆。

随着手机大踏步地进入我们的生活,以及人类走向互联网时代,很多我们曾经熟悉而温馨地喜欢的东西,不知不觉地和我们渐行渐远,甚至淡出了我们的生活。这个风靡一时的留声机,曾经为很多家庭所钟情,给几代人带来欢乐,如今它也成了收藏者珍视的物品。

《岁月如歌——留声机收藏之旅》一书,以图文并茂、文情并蓄的形式,深入浅出的将古董留声机的收藏过程全景式的介绍,运用翔实的资料和文字记录留声机的辉煌历史、发展之路,从而使读者对古董留声机有一个立体式、全方位的了解,并且在获取知识的同时,可以欣赏琳琅满目的古董留声机的款式和风采,其中不乏一些人所难见的佳品、珍品和稀缺的绝妙藏品。还可以跟随作者的脚步漫游欧美多个名城,让读者深深领略到海派艺术的奇景异彩,更是让大家大饱眼福的同时,感受到作者对古董留声机收藏艺术的高尚情操和执着追求。

在十余年的商旅于欧美多国之余,庄诺先生经过坚持不懈的艰辛跋涉收集了数百台古董留声机,用以珍藏之外,还进行系统的梳理和研究,被媒体称为"大陆古董留声机收藏第一人",让人惊叹不已。在庄诺先生《岁月如歌——留声机收藏之旅》一书浓郁趣味的感染之下,也感受着他对收藏古董留声机的自得其乐,以及付出的心血和深情,犹如人生路上留下的一行行足迹、一枚枚纪念章、一串串跳跃的音符,必将勾起一代又一代人的共同回忆,吸引更多留声机爱好者的兴趣和目光,并把这一雅致而有品位的追求坚持下去,把这份承载着丰富的历史文化内涵的人类文化遗产发扬光大。

石库门百年史话

——读《上海石库门里弄房屋简史》

近日,田汉雄、宋赤民、余松杰编纂的《上海石库门里弄房屋简史》一书由学林出版社出版。这是一部分别以上海石库门里弄房屋的居住者、石库门里弄房屋的管理者和维修者的身份编写的文集,同时也是首部全面系统地阐述上海石库门里弄房屋从起源到发展和管理的专著。

上海自 1843 年开埠以来的百年城市建设,既出现了有万国建筑博览会之称的外滩优秀建筑,也存在拥挤破烂的棚户区、滚地龙,不过,占上海建筑物一半以上的普通房屋,则是颇具上海地方特色建筑、全国罕见的里弄民居——上海石库门里弄房屋。

被人们称为老上海这座城市三个典型符号(石库门、旗袍、留声机)之一的石库门,它是上海的代名词,更是上海特有的一种居住房屋,它起源于清同治年间,于 19 世纪 70 年代在里弄木板房基础上改建而成,以后逐渐发展,迄今已有 140 多年历史。石库门更是中西合璧的产物,到了 19 世纪 80 年代,开埠后的上海,涌入大批洋人和苏浙地区难民,为适应开放的商业化城市发展,迫在眉睫的住房问题催生了石库门的兴建。这个时期里弄住宅大多采用木结构加砖墙承重建造起来的以二层为主要建筑的楼房。由于外门多选用漆黑的实心厚木做门扇,白色的石料做门框,以及雕刻着精美花纹的门楣,故称"石库门",也叫"石箍门",为坚固、安全、富有、庄重的概念。石库门里弄房屋合理地吸收了外来的西方建筑文化,又创造性地与中国传统居住建筑文化相融合。石库门里弄房屋为解决特大城市上海的住房困难功不可没。

《上海石库门里弄房屋简史》一书的作者,怀着对石库门里弄房屋生活居住的深厚情缘,对石库门里弄房屋发展沿变历程和寻求上海历史风情的浓郁情趣,以及对石库门里弄房屋管理和维修的深切情感,将石库门里弄房屋在建筑设计、施工、材料、工艺等全方位的发展沿变进行实录,又以城市、经济、文化、社会变迁等诸多历史发展轨迹为背景,从"上海租界的由来与华洋杂居""早期石库门里弄房屋""石库门里弄房屋发展与规范""石库门里弄房屋完善和质量提高""石库门里弄房屋营建与演变""石库门里弄房屋的经济分析""新式石库门里弄房屋""石库门里弄房屋拆除和保护"等 13 个章节,以图文并茂的形式,深入浅出地将石库门里弄房屋建筑的精华和精妙进行全景式介绍,让读者对上海石库门里弄房屋建筑形态以及熟悉的弄堂生活有一个立体式、全方位的了解。

《上海石库门里弄房屋简史》一书,真实地记录了 100 多年以来，上海早期的老式石库门里弄房屋、新式石库门里弄房屋和中西结合的石库门里弄房屋的沿变经历和上海石库门里弄房屋从策划、设计、建造、管理和维修保护的全过程。不少文章是作者本身的亲历回忆或经过查阅大量资料和实地走访考察写成的，能让读者深切地感受到当年设计者和建设者们的聪明才智和艰辛历程。一个城市有新有旧，有古老有创新，历史才会有厚度；以创新的形式探索和传承，为已有的建筑注入新的活力，历史才会有生命。可见，即便在现代化住宅比比皆是的大都市，但那恬淡质朴、饶有风味的石库门里弄房屋作为上海这座日新月异的城市的一个缩影，上海城市建筑的一张名片和一种文化符号依旧彰显其不朽的魅力。

《上海石库门里弄房屋简史》一书，还详细介绍和讲述了上海石库门里弄房屋建筑、管理、维护的背后蕴藏着许多独特的文化元素、邻里之间和睦相处的良好氛围，以及发生在这里的一个个鲜为人知的人文故事，读后犹如看一场上海房屋传统历史展，又如听一堂上海房屋传统文化课，更是集中体现了"海纳百川、追求卓越、开明睿智、大气谦和"的上海城市精神。同时，该书生动翔实地反映了上海石库门里弄房屋的前世今生为城市建设所作出的重要贡献，进一步融汇和丰富了上海住房建设的内涵，以及对当今上海房地产业的发展和对石库门里弄房屋的保留保护更是具有重要的现实和深远意义。

城市，让生活更美好。像上海石库门里弄房屋这样的传统民居，不能不说，它是一座城市所留下来的一个很重要的人类文化、文明的沉淀,也是我们自己留下的城市的一种情感记忆,更是让我们懂得我们的前辈是如何适应历史潮流不断创造世界的,懂得石库门里弄民居文化曾是一段光辉的历程,生动地演绎了上海城市文化的丰富性、多元性和时代性。从这一意义上讲,保护和保留好石库门里弄房屋就是留住了传统文化的"魂"。纵观这本富有真情实感,突出地域特色,体现时代精神的《上海石库门里弄房屋简史》一书,不失为给子孙后代留下一份钩沉文化往事,刻录建筑风貌,反映时代变迁的宝贵财富,更是对广大市民,尤其是青少年进行爱国、爱家乡教育的好教材。

书画艺苑任翱翔

当一幅幅活灵活现、形象逼真、栩栩如生的扇面画、山水画、人物画、花鸟画和潇洒脱俗、富有韵味的书法作品展现在人们的面前时,谁也不会想到,这些作品的作者今年只有 13 岁。她就是崇明区东门中学一年级学生施昊芸。

2004 年小昊芸出生于风光秀丽、人杰地灵的崇明岛。由于受地域文化的影响,她对书画特别感兴趣,还不满 5 岁时,就迷上了书画。家里人发现她有这方面的天赋,从上幼儿园起,就让她到崇明区青少年宫学习国画和书法,并得到名师的精心指导和点拨,加之她自己的兴趣、志向、勤奋与钻研,不到两年工夫,便练就了一手扎实的基本功。

天性的"悟"与人生的"勤"是事业有成的根本要素。上学后的施昊芸,在紧张的学习之余,利用节假日和课余时间,继续参加少年宫学习国画和书法。同时,还买来许多古今名家书画书籍,一有空就潜心临摹。除此之外,还不断地向名师求教学习,注重在实践中探索升华。功夫不负有心人。由于勤奋好学、刻苦钻研和感悟,使她的基础得到了进一步提高。经过几年的创作锻炼,逐步形成了"线条流畅、气韵清灵、意象飘逸"的个人独特风格。其绘画出的"鱼虫花草、珍禽猛兽、山水田园"等作品,无不流露出浓浓的生活气息,给人以大自然的灵秀之美感。

画上一美景,画下几年功。由于虚心好学,书画技艺日益精进,作品屡屡获奖。施昊芸同学多次获崇明区书画艺术单项比赛三等奖、校内书画作品一、二等奖,其中两幅作品在崇明区青少年宫展出;2016 年获上海市"彩虹杯"书画比赛三等奖;2017 年获上海市学生绘画书法比赛书法一等奖,彰显出她的才华和梦想。

在众多的荣誉面前,施昊芸更是坚定了信心,也懂得了学无止境的道理,本着这样的思路,"技良、艺美、德厚、品高"成为她不懈的追求和奋进的目标。鲁迅先生说过:"伟大的成绩和辛勤的劳动是成正比的,有一份劳动就有一份收获,日积累月,从少到多,奇迹就可以创造出来。"然而,我们从小昊芸的书画作品中,真切地感受到一种潜在的艺术理性感染其中,感受到一种艺术的冲击力蕴藏其中。我们更是期待着好学不倦的施昊芸同学能够在本初追求的从艺路上,勇毅前行,任意翱翔。

生活中多点微笑

　　笑是人们嘴边的一朵花，是人们内心感情的表露，笑也是衡量人的心灵健康和适应环境的标尺。笑的本质是思想开朗，乐观豁达，精神愉快。

　　然而，在现实生活中，一些人常常因世事繁杂失却了笑，他们整天被忧愁和烦恼所困惑，因此，他们的脸上已经没有了笑。如在一些服务性行业中，有些人态度生硬，表情冷漠，司空见惯，既谈不上"热情"，更谈不上"周到"，"微笑"于顾客而言，只是"奢望"而已。当然，也有一种微笑经常呈现，但这种微笑往往藏着极度的功利性，一旦失去商机，那"笑"便会立马消失！这种微笑太功利化，因而让人望而生"畏"。

　　其实，微笑是一种文化，一种修养。一个懂礼貌有教养的人，微笑之花会永远陪伴着他（她），使人感到亲切、愉悦。有一位诗人这样写道：如果"春天没有花，人间没有笑，那会成了什么世界"？可见，微笑是有文化、有修养的表现。同时，微笑需要真诚，只有真诚的微笑,才能从心底产生爱的交流,才能赢得他人的尊重。能发出真诚微笑的人,总是高朋满座,其乐融融。因此,自然的、真诚的微笑,能让人心旷神怡,产生互相信任、互相理解、和睦相处的效应。

微笑也是和谐的磁力。有人说,明朗的笑声像人生的太阳。常言道,细节决定成败。在服务中亦是如此。比如当客户心情不安时或对办理的业务不满时,一个发自内心的微笑能胜过千言万语。由此可见,微笑代表友好、亲切,有一种让人安心、舒服的感觉。在生活中,如果人人脸上都能笑靥如花,就会使置身其中的人感到融洽、平和。微笑其实也是一种磁力、一种胸怀、一方添加剂,能够使许多人心灵相通、感情相近、和蔼相亲。

微笑还是自信的象征。"笑"出好心情,"笑"是内心良好情绪的反映。大凡自信的人都比较乐观。因而,乐观自信的人即使遇到严重压力、困难或挫折时,也能善于寻找乐趣、保持乐观。只有学会了笑对挫折,生活才会对你笑。这种微笑充满着自信和力量,就像有一种超凡的魔力,它像阳光一样,可以驱散阴云,使沮丧、阴郁、恐惧、苦恼等不良情绪平静下来,开启愉悦与快乐的人生之路。

微笑更是健康的标志。常言道:"笑一笑,少一少。"笑是心理健康的标志,一笑能解百愁。好心情胜过好药。丹麦医生认为,笑可减少忧郁,促进血液循环。英国哲学家罗素说,笑是最便宜的灵丹妙药,是一种万能药。微笑是人体健康的最佳滋补剂,微笑能驱散忧愁和烦恼,微笑能提高人体的免疫功能,微笑能保持心理和心态平衡,微笑能减压祛病和延年益寿。

　　微笑有着十分丰富的内涵,微笑是待人的常识,是一种文明形象的体现,真诚的微笑反映出一个人的道德修养和文明素质。笑对人生,笑对苦难,笑对一切。愿我们的生活中,多一点真诚、多一点热情、多一点微笑,做个轻松快乐的人,让灿烂的微笑处处绽放,永远伴随着你和我及他。

稻花香里庆丰年

9月23日是秋分日,恰逢我国传统节日中秋节和国庆69周年前夕,便迎来了第一个中国农民丰收节。

那天,我应邀参加在浦东大团镇由市农委、市文联和浦东新区人民政府联合举办的首届中国农民丰收节上海主会场"浦东美丽乡村嘉年华"丰收礼赞开幕式暨田园音乐会。

当坐车迎着柔和的秋阳进入浦东大团镇,透过车窗,映入眼帘的是,道路两旁一排排行道树高耸挺拔;一条条整洁的河沟碧波荡漾,在阳光下泛起粼粼的涟漪;一片片稻田退绿变黄,散发着舒爽的清香;一畦畦蔬菜伸枝展叶,一幢幢别致的农家小楼映掩在郁郁葱葱的桃树林中,好一幅生态田园风景画,让人身心愉悦。

来到草坪广场,首先呈现在眼前的是,一台红色的"东方红"拖拉机"卷起稻谷千重浪"的景观。据称这是前几年国务院奖励给浦东"全国第一种粮大户"张正权的奖品。张正权盐碱滩涂上种出稻谷上亿斤的事迹,令人敬佩。还有那用晒干的稻谷堆成的小房子一样的晒谷堆,稳稳地矗立着;挂在屋檐上的玉米棒子,稻草人推着独轮车正在搬运稻谷的艺术装置,活灵活现,栩栩如生,在蓝天白云下,格外吸人眼球,有一种摄人心魄的自然美。此景此情,恍如又回到青春年代在农村劳作时喜获丰收的情景。

"开心就是开心,没有啥个道理……"海派秧歌《心花怒放》扭得热闹,唱得欢心,唱出了当今农民的喜悦心声。万亩桃园在锣鼓合鸣声中苏醒,农民们像过年一样,穿着艳丽的服装,从四面八方结伴赶来参加自己的节日,好一派红红火火、喜气洋洋庆丰收的景象。

舞台上,来自秘鲁和澳大利亚的艺术家们的异国风情传统民间舞蹈,土洋结合的民族管弦乐,本地非遗的舞龙舞狮……这些富有地方特色、民族特色和农耕文化、民俗文化韵味的激情演出,为丰收节增添了别样的乐趣。

由上海民族乐团演奏,指挥家姚申申执棒,杨学进、席燕娟、敖长生、王静、卢璐等艺术家纷纷登台表演,那《步步高》《好日子》《双喜临门》《百鸟朝凤》《我的祖国》《春天的故事》等优美动听的歌声及唢呐、笛子、二胡等欢快热烈的节目,让大家看得出神,听得入迷,赢得掌声不断,把演出推向高潮。2个小时的演出,共唱欢乐,共念祥和,共庆丰年,共迎佳节。秋风爽爽,琴声悠悠,歌声飘飘,欢声笑语里流淌的是农民满满的丰收喜悦。

音乐会后,还举办"丰收之家""丰收之约""丰收之歌""丰收之路""丰收之光"等系列活动。在丰收之光——大地艺术展区,以浦东农村标志性景观、农事情景、农具装置和农产品模型为造型材料,集中展示浦东乡村特色、风土人情、历史文化以及新农村建设成就,将万亩粮田、十里桃园、四季花海、五谷丰登、六畜兴旺、南汇 8424 西瓜传奇、美丽庭院、桃木和南瓜雕刻艺术品等原汁原味的农村生产和生活情景一一展现在人们的眼前,开怀欣赏,深层次地感受乡村文化的内涵和魅力。这第一个农民丰收节,让农民们感受到了不同往日的节日景象,而我也收获了一份难以忘怀的节日厚礼。

军风助企添活力

——记一家保持部队优良作风的保安公司

　　每天早上 8 点,上海安捷保安服务有限公司的管理人员和普通员工一样穿上统一配发的制服,按军人正规化管理的要求进行交接班仪式。这一仪式,自 2007 年公司成立至今已整整坚持了11 年。

　　该公司董事长姜玲玲曾在部队当过兵。10 年前,该公司成立时,他招收的第一批员工几乎都是从部队退伍军人中挑选的。平时姜玲玲把"军人退伍不褪色,传统作风不丢失"作为宗旨,军事化管理也就成为该公司每天不可或缺的一项基本要求。他还郑重地向客户承诺:"保障客户安全,维护客户形象,执行不找任何借口;视服从为美德,从军队中出来,我们依然拥有军人本色。"军人作风有效地维护一方平安,助力公司的创新发展,增添活力,实现了社会效益和经济效益的双丰收。

　　脱下军装换制服,初心不变。公司始终坚持发扬军队的优良传统作风,以诚信求发展,以质量求生存,以规范为先导,以科学为依托的发展理念,坚持以职责有限,服务无限,力求完美,追求卓越为服务准则;坚持管理出品质,品质树信誉,信誉赢客户的管理方针,不断健全完善和加强公司组织架构、各级岗位职责、操作流程、质量检查、监督考核与各项规章制度。同时营造有自己特色的企业文化,通过学习、培训、演练、竞赛活动,不断提高员工自身素质与队伍凝聚力,铸成更加专业、更加规范、更加敬业、更加高效的保安队伍。

公司员工都有一本详实的《制度手册》,规范了人防、技防、物防、犬防为一体的综合保安服务细则,简明清晰,使各项工作都有章可循,有据可查,赏罚分明。制度的威力在于执行,执行就要从我做起,作为管理者更要率先垂范,以身作则,以使全体员工自觉遵守,为各类客户提供高效、满意、舒适、安全的优质服务。

优良的军人作风不仅助力企业的创新发展,更成为搞好保安服务,创建和谐社区的有效途径。经过 11 年的创业,公司从创建初期的几十名员工发展到如今近 2 000 名,其中三分之一是复员军人,并成为领班及中层以上的骨干。目前,公司分别在上海、北京、杭州、南京、苏州、宁波等多个省市提供保安服务,项目类别有政府协勤、市容管理、商业大型活动、明星护卫、城市综合体 5A 甲级写字楼、大型商场、厂矿企业、高档住宅、别墅等。公司曾在 2008 年服务于北京奥运会,2010 年 10 月服务于上海世博会,2011 年获得先进企业(劳动关系和谐企业)称号,2014 年获得 IS09001—2008 质量管理体系认证证书,2016 年引进 GPS 远程监控系统,主要管控员工考勤、作业轨迹等。

为进一步拓展业务,2014 年他们还成立了上海艳华物业有限公司并按市场化、专业化管理模式,以高起点、高标准的要求,聘请专业管理人员,运用先进的网络系统和高科技手段、发挥现代办公的优势,制定了一套严格的管理制度和操作规程,获得国家物业管理二级资质证书。他们的管理,归结起来,有以下特点:

1. 重形象。注重每一员工的仪容仪表、待人接物,对外素养都要求做到职业化、规范化、人性化。在客服沟通见面的第一时间起,就把微笑和贴心传播到业主及业主的朋友,并以多种方式全程跟进服务,确保工作一步到位。

2. 重环境。对小区的园林修剪,绿化维护,环境整洁做到精心细致。每一个角落,每一处空间,呈现公园式社区,让业主置身其中,感受尊重,拥有诗意般的生活。同时,对外来人员及车辆进行严格管理,为业主营造安全舒适的环境。

3. 重品质。为住户业主提供优质的服务是从业人员的神圣职责。公司要求每个员工熟记每户相关资料,对每个业主都认真对待,对业主的报修内容及时处理,按业主所需积极开展个性化服务。同时还提升社区服务功能,整合周边商家和企业合作渠道,为社区居民提供更周到更便捷的服务内容,打造业主的高品质生活。

4. 重文化。公司定期在社区开展"从我做起,净化家园"的"温馨提示"活动,消除不良行为习惯和乱停车辆、乱倒垃圾、放养宠物、践踏草地等不文明现象。还营造社区业主的各项才艺、书法、绘画、摄影、写作等活动氛围,提升业主的文化品质,展现和谐共荣的新一代物业管理公司的新形象。

目前,艳华物业已经走出一条特色兴业之路,成为一家综合性的专业化物业管理公司,拥有一批高端物业服务人才,一流的服务专业能力团队,满足产业多样化、个性化的服务要求。现公司员工有 200 多人,其中党员 45 人,中级职称 20 人,高级职称 3 人,工程技术人员 10 人,物业管理人员均持证上岗,公司管理的面积 100 多万平方米。他们靠品质赢得市场,崇尚"踏实、敬业、拼博、责任的精神和诚信、共赢、开创的理念",以使业主的物业保值增值,上海艳华物业管理有限公司已成为广大业主信赖和交口称赞的好企业。

光辉十一载,弹指一挥间。回首往昔,安捷员工一起风雨兼程,共襄事业渐入佳境;畅想未来,砥砺前往,再铸明天更大辉煌。

往事回味

乡间冬日晒太阳

冬日里晒太阳,乡间俗称"伏日头旺"。

近日回乡下崇明老家,恰逢雨雪后,遇上阳光明媚的好天气。行走在乡间的路上,到处能见到老人小孩在自家楼房靠墙一角的避风处晒太阳,有的喝茶、有的嗑瓜子、有的听音乐、有的聊天……在暖暖的阳光下,晒得微微出汗,有的竟把外衣脱掉,暖意浓浓,悠然自得,其乐融融。

面对此情此景,不由勾起我对儿时冬天晒太阳往事的回忆。那时候的冬天要比现在寒冷许多,加上海岛农家人条件艰苦,在那贫瘠的岁月里,家家住的都是低矮的砖瓦小平房,其中有相当一部分家庭还是茅草屋。一到冬天,屋内四面透风,寒冷难耐,人们除了一只烘缸之外,没有其他的取暖设备,晒太阳是最好的取暖方式。

于是,到了冬天,家家户户的房前墙角处,只要有阳光和避风的地方,都有晒太阳的人们。那时候,大人们边晒太阳,手中还忙着干活儿,男人们看到田间收进的玉米还没有脱粒,忙着用手工来脱粒;还有做着诸如用芦苇、稻草等编织芦苇帘子、稻草绳子、稻草盖子等物件的活;女人们则是做着织毛衣、扎鞋底等针线活;孩子们在一旁除了玩耍外,上学的孩子还不忘看书、学习。一家人忙忙碌碌,晒太阳成为寂寞乡村的一道风景线。

那时候,晒太阳时,最让小孩子们开心的是,大人们拿来烘缸,将蚕豆、黄豆、花生之类的食物,放进热灰内烘烤,待到"噼噼啪啪"的爆响时,便迫不及待地将烤熟的食品取出,香脆可口,尽情享用,这可算得上是当时乡村孩子的最佳美味小吃。

如今的晒太阳,与过去相比,完全不同。过去晒太阳,主要是为了在干活时少受冻、多出活;如今晒太阳,主要是为了休闲享受和强身健体,即使干活,也只是摘菜、拣菜之类的闲活。现在的乡村与城市没有多大的差别,农户人过上了城市生活,家家都有空调、电暖器等取暖设备。这种取暖虽是方便,冷暖自如,但对人的身体而言,带来诸多不利,室内取暖空气不流通,加上室内外温差大,稍不留意,容易造成感冒等疾病的发生。

晒太阳大有益处。据有关资料称,闭上眼睛晒太阳,早上10点钟为佳,坚持每天晒15分钟左右,对防衰老和眼睛老花有较好的保健作用。其实,在寒冷的冬天里,经常晒太阳,对人体各部位都有好处,是一种免费实用的养身保健佳品。

捕捉黄鼠狼往事

　　旧时的家乡崇明岛上，茅草地多，杂草丛生，所以野生动物特别多。其中最令人讨厌的动物是黄鼠狼，它除了吃田鼠之外，还会糟蹋长在地里的玉米、稻子、麦子等农作物，还时常在夜间窜到农家院里偷吃鸡。那时候，经常有人家鸡窝里养的鸡被全部咬死，无论怎么加固棚舍，都无济于事，搞得人们不得安宁。

　　于是，农人们因地制宜想出一套捕捉黄鼠狼的土办法：捕捉工具是用芦苇或竹片编织成一米见方的压板，上面放上几十斤重的泥土，用一根竹竿或木杆做成机关，支撑上面的压板，里面放上老鼠、兔肉之类的诱饵。到了傍晚，将其摆放在黄鼠狼经常出没的地方。当黄鼠狼进去吃食时，碰上机关，机关便跳开，上面的压板倒下，将其压死在里面，待次日清晨去取出。

　　但这种方法有时也有失败的。有的因泥土压得太少、太轻，没有压住被跑掉的；有的因捕板底下的土高低不平，压住后被钻走的；还有就是压偏了，没有压在要害部位而跑掉的。加之黄鼠狼生性狡猾，因此，捕捉时要讲究方法和掌握技巧。灭捕工具使用后要用开水或火烫，冲洗净血腥，并要不断改变诱捕地点、诱食品种和诱捕方法，以提高捕捉效果。

于是，人们在多个地方设置机关，每天都会有收获。当早上去翻开压板时，一般是压住一只，偶然也有压到两只的。那时候我们队里的几个邻居经常在自家的竹园里和田间也摆放捕器捕捉过，每当收获战利品满载而归，总是喜出望外。当然，用这种捕器偶然也会将人家养的鸭子、猫等误入而被压死的，但一般人家也不会计较的，自认没有看管好而了之。

冬天，是捕捉黄鼠狼的最佳时机。在这个季节里，地里的庄稼收割完了，田鼠也进洞冬眠了，正是黄鼠狼到处寻找食物的时候。加上霜降之后，是黄鼠狼皮毛长得最好的时候，制成的皮衣、皮袄不易掉毛，穿在身上最暖和。

此时，有专门的商店设专柜收购黄鼠狼皮的，也有商贩串乡走村上门收购的，尽管每张只是五六元钱，但在收购时，商家要求相当严格，凡是有破损的和过了季节的毛皮是绝对不收的。因为破损的成了次品，其他季节的皮毛易掉毛，不可做皮衣。因此，一般农户，偶然捕捉到一两只黄鼠狼后，怕搞坏，就将整只卖给小商贩换钱了，每只尽管要比商店收购的价格要低，只有两三元钱，但用以补贴家中开支也是一项不可多得的额外收入。其次，黄鼠狼实际上是两个不同物种的统称，它们区分为黄狼和鼠狼。黄狼个头大，毛呈金黄色，皮毛柔软、细腻；鼠狼个头小些，毛呈浅黄色，皮毛粗糙、僵硬。价格也是黄狼的皮毛要比鼠狼的皮毛贵许多。

那时候,生产队里有几个捕捉能手,一个冬天,每个人能收入几百元至上千元,这在当时可算是一笔相当可观的收入。

近年来,由于农药等原因,田鼠少了,黄鼠狼也少了,农户人家的鸡舍盖起了砖瓦房,黄鼠狼也难以给鸡"拜年"了,更是没有人再捕捉黄鼠狼的。

如今,每当回想起当年捕捉黄鼠狼的往事,虽已过去半个世纪,但那时的情景却深深地留在我的记忆里。

忆想当年编草席

20 世纪 60 年代末,在家乡崇明岛五滧地区开始种植席草,并创办起了编织草凉席的生产加工厂,一时间生意十分红火。

种植席草,与种植水稻的方法基本相同。清明前后,开始育苗播种,经过四个月左右的生长期,席草成熟。那时候,从育苗到成熟的席草田,一眼望去,一垄垄茂密的席草,齐刷刷、葱翠翠、绿油油的,煞是好看,宛如一块块绿色地毯铺满田间。微风吹过,满目绿色随风摇曳,又如一条条绿色的绸带,飘荡在故乡的大地上,让人心情愉悦,成为乡村一道靓丽的风景。

每到盛夏时节,成熟的席草,割下之后,经过三至五个晴朗天气晾晒,再过三四天后复晒两至三天,并经过挑拣、整理、剪去花苋、捆扎等工序之后,便可收藏备用。

那时候,在我们生产大队,编织草凉席的人员从开始的十几人,逐渐扩大为拥有 30 多人规模和成批生产的草席加工厂。编织草凉席的过程,与民间织布基本相仿。过去乡间,对于农村女子来说，纺纱织布可谓人人都必须掌握的手艺。于是，她们经过短期培训，便可熟练操作。俗话说，多一门手艺，多一碗饭。然而，在当时的年代里，对于农村妇女来说，能拥有这份工作，以自己的巧手编织一条条精美草凉席的手艺，感到自豪和珍惜，更是让人羡慕。

一时间，在那偏僻的乡村，加工的草凉席不仅供应给本岛人，还被远销到全国各地，从而使崇明岛增强了对外的知名度和影响力，还给当地农民带来了可喜的经济收入。因此，岛上多处地区都种植席草和办起编织草凉席的加工厂。经过海岛人们的努力和探索，逐渐丰富和日趋完善，形成了一套独有的规范技法和艺术魅力。

到了 70 年代末，随着社会经济的发展和人们生活水平的不断提高，竹凉席、藤凉席、亚麻凉席以及牛皮凉席等这些过去认为高档的奢侈品走进了寻常百姓家，那田园牧歌般岁月的手工草编凉席便悄无声息地淡出了人们的生活，席草田改种了其他作物，草席编织厂停业，编织草凉席的师傅改行，编织草凉席的这门手艺也已失传。然而，对我们这一代人来说，草凉席具有纯朴的乡土气息，不仅价廉实惠，而且柔软舒适，富有弹性，透气性好，并散发着一股淡淡的清香。于是，那倍受青睐的种植席草和手工编织草凉席的历史深深地留在我的心中……

怀想当年十边地

　　20 世纪 60 年代初,三年困难时期,食品供应日渐紧缺,粮食也不够吃。一时间,甚至连白菜、萝卜等蔬菜都要实行凭票供应,猪肉更得凭票供应,食油也定量供给,人人严重缺油水。无论大人小孩胃口特别大,配给的粮食根本不够吃,怎么办? 于是,党和政府号召全民大种"十边"地——河边、沟边、宅边、路边、渠边……解决锅里碗里的燃眉之急。

　　那时我读完小学刚毕业就回乡务农,经历了种"十边"地的岁月。记得当时的农民除了种集体土地之外,没有自留地,而集体的地粮食产量低,生产出的粮食交完公粮之后,剩下分配给农户的粮食,根本不够吃,人们普遍饱尝饥馑滋味。当时在乡村,连长在地里的野菜都挖光充饥吃尽,也填不饱人们的肚子。此时,党和政府号召全民大种"十边"地,正是为了想方设法解决老百姓吃粮困难而采取的有效措施。于是,在那段时间里,勤劳的乡亲们纷纷行动起来,在房前屋后、田间路边、河沟边沿等边边角角,因地制宜,见缝插针地寻找和开垦"十边"地,种菜种粮,以缓解自己的无米之炊,早日度过那段困难时期。

记得那年春天,我们一家为了寻找更多的"十边"地,除了在自家的房前屋后和河沟边的"十边"地种植蔬菜粮食外,还挖空心思动起了宅沟边沿的脑筋,挑来一担担泥土将宅后的沟沿加厚加宽,以扩大些"地盘",进行种植蔬菜。种菜的时节到了,父亲从纸包里小心翼翼地倒出种子,撒在翻得松软的地里,并井然有序地浇水、施肥、拔草、捉虫……于是,在春风的吹拂下,很快在那里绿意逐渐浓郁,瓜苗、菜苗茁壮成长,父亲满脸欣慰。紧接着,粉红色的玉米花,银灰色的蚕豆花,浅紫色的茄子花、土豆花和金黄色的黄瓜花、丝瓜花、南瓜花、冬瓜花在阳光下绽开美丽的笑靥。它们相互簇拥着,热烈着,如宝石,如彩云,既玲珑又温润,简直就像花园一样。就这样,在那些零星的十边地上,繁盛了一畦又一畦的菜地,瓜果豆菜,品种繁多,长势喜人。收获季节到了,瓜越长越大,菜越长越旺,绿水映照瓜花果飘香,一家人乐得合不拢嘴。

那时候,家家户户有了这一块块"十边"地,餐桌上的蔬菜丰富了,碗里的稀粥也渐渐变得厚实了。尤其是随后不久,家家户户都分得了自留地,老百姓的日子更是一天比一天好起来了,人们再也不为吃不饱饭而发愁了,原先受饥挨饿、时常以喝酱油汤过的日子,一去不复返了。

如今几十年过去了,回想起当年种"十边"地的情景,在我们

　　这一代人的心中,想必留下了深刻的记忆。种"十边"地,以坚强的毅力,种出了人们的期盼与希望;种"十边"地,用一双勤劳的双手,收获了家的安宁与温馨;种"十边"地,那素朴、平常、恬淡的菜蔬味道,留在唇齿,记在心里,久荡不去。

难忘家乡小土窨

　　旧时的家乡崇明岛上,到了冬天,家家户户都要挖几个小土窨,用作储存冬天容易冻坏或腐烂的越冬食品。那时候人们挖的土窨分为屋内的和屋外的两种。屋内的土窨一般都挖在厨房的灶门口,那里是给灶头添柴烧火的地方,也是屋里最暖和的地方。这种挖在屋内的土窨底座大,上口小,二尺多深,围圆大小根据所藏食品多少而定,这种土窨像陶瓷坛子,主要用于储藏山芋、芋艿之类的食品。土窨挖好后,为了确保具有保暖效果,土窨的底部和四周铺上一层稻草或高粱秸、玉米秸之类的柴草,并在顶端插上几根芦苇作为透气孔。这样,就能确保冬天容易冻坏或腐烂的山芋、芋艿等安全过冬,这些食品大多用作过年时的年货,以及留一部分作为来年的种子。

　　还有一种土窨是挖在屋外的。一般选择在朝阳避风的地方,如挖在房前屋后或是靠近宅边的自留地里。这种土窨要挖到两三米长,一米左右宽,一米来深,主要用以储存甜芦粟。储存的方法,到了秋末初冬时节,将田间成熟的甜芦粟砍下后,连根带叶放进土窖里越冬,乡间俗称填芦穄,并用泥土盖实后,再在上面堆成一个小小的土丘包状,以确保遇雨雪天气时不进水、不积水,以便安全过冬。

到了快过年的时候,正是开窖的日子,一家人围在土窖旁喜出望外地等待着打开土窖。那些刚从土窖里挖出来的山芋、芋艿,阵阵清香扑鼻而来,与刚从田间收回来时一样的新鲜滋润,放进锅里烧出来的味道也一样清香可口。山芋还可生吃,经过土窖储存之后,变得又脆又嫩,汁水也更多,吃起来味道不亚于脆梨的鲜美。还有就是甜芦粟,经过三个多月的土窖储藏之后,其表皮更青嫩,水分更丰富,肉质更松脆,味道更鲜甜,成为冬天里的稀有佳果。

此时,对于那些留作种子的山芋和芋艿,从窖中挖出后,先是移栽到田间一段时间,待到开春天气暖和长出嫩芽时挖出,再进行栽种,很快就会长出绿嫩的苗叶来。随着春风和雨露的滋润,那翠玉般的叶片,袅娜地开放,铺满田间,令人赏心悦目。

有道是"事在人为"。这种利用土窖来进行储藏食品保鲜的办法,是海岛人们在长期的生活实践中摸索总结出来的经验之道,这里更是蕴含着劳动人民的聪明才智。在海岛乡间,农人们也有将咸菜(乡间称草头腌齑)装入坛子密封后,倒扣在河沟水底进行储存。用这一方法,可存放少则数月,多则一年,同样能达到保鲜的效果,而且色泽更好看,味道更爽口。

如今,随着社会的发展,时代的进步,市场上的时令蔬菜,品种繁多,随时供应,十分丰富。即使到了冬天,从塑料大棚内生产的各类蔬菜,更是应有尽有,确保新鲜,而且家家都有电冰箱,人们根本不需要再用土窖来进行储藏。然而,那农家自挖小土窖的情景深深地留存在我们这一代人的心中,更是丝丝温润萦绕心间,定格在童年的美好记忆里。

情怀家乡炖茄子

茄子,也称作落苏。在家乡崇明岛上,家家户户都种植,有青皮的、紫皮的(在乡间以种青皮的为主),是乡间最普通、最普遍的蔬菜,可谓是随处可见。

茄子的吃法有多种多样,有炖的、烧的、拌的、酱爆的,等等。然而,对于我来说,最让我钟情的是炖茄子,那可谓是一道既简单又美味的佳肴。

所谓炖茄子,也称蒸茄子、炒茄子,乡间俗称捣浓茄子。制作方法简便,将整只青皮茄子,而且是直接从茄树藤上摘下后洗净、去皮,切成条状,装入碗内或盘里,放进铁锅里蒸熟。取出后,将其捣烂,浇上调好的酱汁。酱汁可因各人的口味而定,通常是用鲜酱油、盐、白糖、蒜泥、姜末、味精等调和而成,怎么搭配都可以,因人而异。然而,这一道简单的农家土菜却成了海岛老百姓餐桌上百吃不厌的家常菜。

过去,在老家崇明岛上,农家用的都是土灶,烧饭做菜用的都是柴草,茄子长在自家的自留地里,没有农药,是纯正的绿色食品。炖茄子是在土灶的铁锅里,放上适当的水,搁上一种毛竹片做的三角架子,俗称筷茄子,再将切好的茄子装在碗里或盘里后,放在筷架子上用大火蒸煮 8—10 分钟;或者在做饭时,直接将装在盘里的茄子放在饭锅上同饭一起蒸煮(乡间称烀茄子),这样,饭蒸熟了,茄子也烀熟了。此时,掀开锅盖,那袅袅上升的薄烟里氤氲着茄子蒸熟后的芳香,让人心生欢喜。

如今,住进城市后,用的是煤气灶,而且家家都备有蒸锅,因此炖茄子也改用蒸锅进行蒸煮。然而,尽管用蒸锅炖和土灶的铁锅炖,能达到同样熟的效果,而且蒸锅比铁锅还要省时省力,但用蒸锅蒸出的味道远没有土灶铁锅炖出的好。过去生长在家乡的茄子,乡间称茄树,从春天栽种,初夏结果,花开花谢,茄子便在紧紧裹着硬质萼片中孕育而生,借着锋利的小毛刺的保护,茄子渐渐冒出圆圆的小脑袋,见风就长,一茬接一茬,压得枝条垂落下来,一直可生长到初冬时节,有自由生长的空间,有生态环境的相伴,有天然有机肥料的供养,以确保茄源不断。尤其到了深秋经霜打过的茄子,人们称之西风茄,更是鲜嫩无籽,炖熟的味道更鲜美。现在市场上供应的茄子,虽一年四季都有,但大多是暖棚里反季生长的,再加上从茄树藤上摘下后,经过运输到菜场都是隔天的,新鲜度要大打折扣。因此,无论是色泽和味道,远没有家乡生长在农田里的纯正和土灶上现摘现炖的鲜美。

青茄子,开白花,紫茄子,开紫花。那一只只青茄子、紫茄子,悬挂在枝杈间,如锤、如梨、如瓜,大大小小,以别致的色调装点在农家田间,再普通的植物,也能绵延成乡间大地上一道美丽的风景。

多少年过去,每当吃炖茄子时,总会想起那家乡土灶上香飘的美味儿,那种滋味便是我最难忘的记忆。

难忘当年海鲜宴

近日,大连海参文化节上海分会场举行海参直销展,我在观看小獐牌张奶奶海参后,勾起了一段美好的回忆。20 世纪 80 年代后期,我担任海军北海舰队某观通部队政治处主任。那年正值 40 周年国庆节,我来到驻守在黄海前哨大连市长海县的獐子岛上,看望某观通站的指战员,并与连队官兵共度国庆佳节。那天晚上会餐时一桌丰盛可口的海鲜宴,至今将美味珍藏在味蕾的记忆里。

当年的獐子岛,这个远离大陆不足 10 平方公里的小岛,有着风光秀丽的迷人魅力。这里清新的空气,宽敞的马路,高大的行道树,洁净的街巷,别致的小楼,精美的装饰,不亚于大城市,被人们称为黄海前哨的一颗明珠,享有海上"特区"的美誉。

岛上的渔民富裕了,部队官兵也跟着渔民走共富的道路。官兵们的生活水平得到了改善,尤其是伙食一改过去的两菜一汤,变成了四菜一汤。岛上盛产海参、鲍鱼、海螺、海蟹、海虾、海蜇、海鱼等,这些海产品在当时都成为官兵们随吃随捕的家常菜。生活在这如花似锦的环境中,全体官兵练兵热情高涨。

那年国庆会餐,连队做了一桌别有风味的海鲜宴,所有的海鲜都是连队官兵们直接到海边捕捞上来后现杀现做的,驻地乡政府领导得知部队要会餐,还特地派潜水员从深海里捕捞出特级大海参送到连队。为了提高烹调效果,还特意请来当地渔民掌勺,有将海参切成薄片、海螺切成细丝当作凉拌菜,有清蒸鲍鱼,有清炒海蟹,有清蒸海虾,有红烧海鱼……10来个丰盛的海鲜菜,优质生态,原汁原味,色泽鲜艳,香气四溢,又好看又好吃,鲜美无比。

如今,近30年过去了,这些当年的家常菜,早已成为馈赠亲友、名贵奢侈的海产品。那时的鲜海参仅几元钱一斤,干海参也只有十几元一斤,而现在市场上已卖到几千元一斤,特等级的要超过万元一斤,还供不应求。如此想想当年的那桌海鲜宴,要是按现在的市场价该值多少钱呢? 真可谓是,物以稀为贵。

山林里捕羊趣事

  1980 年,我时任海军某扫雷舰副政委,那年秋天,来到驻守在黄海前哨老铁山某观通部队,参加水警区举办的文化补习班。学习期间,充满着紧张和辛苦,同时也遇到一些欢乐和趣事。令我最难忘的一件事,就是山林里捕羊趣事。

  一天中午休息时,我和几个战友在连队前的小路上散步。班里的一位学员惊奇地发现连队对面山顶上的松树林间有一群山羊出没。见状大家便纷纷议论起来,感到这长满松树的野林里没有老百姓居住,哪来的羊群呢? 是老乡家走失的,还是什么野兽? 带着一连串难以置信的疑问,大家商量着要探个究竟。经过一番筹划后,便组成一个小分队,利用星期天上山去探秘。

  那天,大家早早起来,经过一个多小时的爬山,没有路,前面羊留下的脚印就是路,沿着小道,来到山顶,并很快在一粒粒羊粪的蛛丝马迹和"咩! 咩! 咩!"的叫声中发现了羊群。原来是四只大羊带领着两只小羊。当大家还没靠近它们,便被羊群发现了,羊群开始奔跑。于是，小分队一行 10 来个小伙子，兵分三路进行包围。谁知这六只羊只只身怀绝技，蹦蹦跳跳、飞檐走壁，行动敏捷，眼神迷茫，它们一会儿爬树，一会儿又攀悬崖，无论岩石、苔藓，行走自如，还不时悠然自得地吃着树叶、松果，足足追赶了两个多小时，无法靠近。就这样，第一次捕捉以宣告失败而告终。

"捕捉不到羊群不罢休。"大家捕羊心切，心想不能就此而退却。于是，吃过午饭后，增加了援助兵力，调整好策略，再次行动，结果尽管软缠硬磨，花了三个多小时，大伙筋疲力尽，而六只羊却行动娴熟，若无其事，官兵们个个散了架似的甘拜下风。最后，仅捕捉到两只小羊，其余四只大羊成功突围，让人很是泄气，放弃捕捉。

为了不让捕捉来的小羊出逃，官兵们找来木条和砖，盖了个小棚子，四周夹了栅栏，每天有专人拔草喂养，课间大家常去探视。学校有了两只小家伙，也多了点乐趣。

不经意间，部队官兵上山捕羊的消息很快在部队和当地群众中传开，并也很快搞清了这几只羊的身份。原来是在两年前，基地某岸炮连迁来这里时，带来两只半大羊，不久，岸炮连撤编，羊也跑掉了。尽管当时找遍了全村和附近山林，结果都未找到，便放弃了寻找。没想到，当年的这两只羊进入山林后，不但自己顽强地生存了下来，还生育了两公两母的四个子女，也能健康成长，而且还练就了一身野外生存的能力和绝技，真是创造了奇迹。

面对此情此景，人们不禁要问，它们在山上风餐露宿是如何生存下来的？夏天热还能坚持，冬天零下 20 多度，而且在野外没有遮风挡雨雪的地方，它们又是怎么过的，简直不可思议，让人难以想象。

由于当年的学习班没多久就结业了，离开驻地部队后对四只大羊的下落不得而知。如今，近40年过去了，当年的羊群是否被当地群众找回，是否还有后代传承下来，它们后代的生活过得好吗，时常在我的脑海中盘旋。更让我难忘的是，那次捕羊经历和所见所闻，颠覆了我们对羊的认识，它们不仅是温柔的，而且是刚强的，令我们惊叹不已。

想起军营过春节

　　春节,往往是人们心中最好的回忆,也必将是留存于记忆之中。

　　每逢新春佳节,合家团圆之际,我的思绪再次飞向那片神奇而遥远的千里之外——北国海疆军营。

　　春节,作为军人是为了国家安全和人民幸福而尽责最需要的时刻。20世纪60年代末至90年代初,我在黄海前哨的海军部队工作生活了整整23年。23年来,我曾在舰艇部队、观通部队和工程部队工作过,23年的春节几乎都是在军营度过的。我和战友们团聚的时候,家中只剩下妻子和儿子两人过年。

　　1969年冬,自入伍分配在舰艇上,直至担任舰副政委,整整在舰艇部队工作生活了13年。在这13年中,除了3年在舰艇大队担任书记在陆地生活之外,其余10年均在舰上生活。那时,每逢春节,都要出海执行战备任务,一般情况下,都是年三十到海上巡逻至年初三或年初五返回军港码头。海上生活虽说单调枯燥,但全舰 100 多名官兵总是想方设法，因地制宜把春节海上生活安排得丰富多彩。尽管那个年代在海上收看不到电视节目，但官兵中有着众多的表演天赋，他们就地取材，根据发生在官兵身边的人和事，自编自演喜闻乐见的节目，内容丰富多彩，有说唱、歌舞、相声、独角戏、家乡小调等。五湖四海的各地方言、九腔十八调，格外热闹，尽情展现各自的激情和才华。另外，官兵们还利用舰上办的油印《浪花报》组织全舰官兵写稿、投稿，除了将稿件在小报上刊登之外，还在全舰进行广播，活跃海上生活。那一方图文并茂，贴近官兵，贴近生活的小报，内容有故事、散文、诗歌、评论、过年习俗等，就像一块磁石，吸引着大家纷纷写稿、投稿的热情；那悠扬动听的乐曲和声情并茂的广播，拨动着官兵们的心弦，架起了一座与官兵之间心灵共鸣的桥梁，让大家欢欢乐乐地在海上过年。同时在海上，还充分利用自然环境，朝看红日冉冉升起，晚瞧夕阳融入大海。在这碧海蓝天里，有时还会看到三五成群的海鸥，围绕在军舰旁时而翻飞，时而滑翔，时而还会发出欢快的鸣叫声，让官兵们陶醉在这温柔无言却又震撼人心的美妙景色里，感受到过年的温馨，一切想家之念烟消云散。

到了 20 世纪 80 年代中，我担任观通部队政治处主任和工程部队政委期间，每到过春节时，我都会下连队同战士们一起过年。这些部队驻守在高山海岛，或是偏僻的乡村，条件艰苦。但连队官兵们每逢过年时，除了自编自演和观看春节文艺晚会电视节目之外，还与驻地老乡开展共建活动，军民同台演出，一曲曲明快清澈的旋律和一个个惟妙惟肖的表演动作如春风拂面，沁人心脾，深为大家所称道。其次，还充分依靠和利用当地的资源，自己动手，从海里打来螃蟹、鱼、虾等海产品，从连队的地里采摘来自己种的蔬菜改善伙食。此时，袅袅炊烟中飘逸着缕缕鲜香，官兵们的餐桌上摆满了丰盛的美味佳肴，饭菜的鲜香与亲情、友情融化和凝集在一起，军营里充满着喜悦，军营上空回荡着欢声笑语。

屈指数来，我已度过了这么多的春节，但我总忘不了的就是军营中的春节。那种官兵之间浓浓的亲情、友情的美好萦绕在心中，官兵们那种满腔热忱和无怨无悔的情怀，留存于记忆深处，在时光中凝成永恒的温馨……

文化补习班往事

在那史无前例的特殊年代里,文化教育严重受灾,整整 10 年,没有高考,大学里是"工农兵";中小学以学工、学农为主;中学里,不论你学不学,考不考试都毕业。那时候,只要上过初中,有没有文化都称"知识青年",毕业后,城里的要上山下乡,农村的回乡务农。

在那个年代入伍的少数城市兵,沾着点"知识青年"的光,算初中毕业。大多数从农村入伍的,都是小学文化,有的甚至连小学都没毕业。于是,20 世纪 80 年代初,部队掀起了文化补习的热潮。

那年,我时任海军某扫雷舰副政委,参加海军旅顺水警区开办的干部文化补习学校学习。为了保障学员安心学习,学校选在远离市区的旅顺老虎尾半山腰,一处废弃的营房,这是几栋苏式平房,40 厘米厚的砖石混结构墙壁,冬暖夏凉;年代久远的厚木门、窗、地板,历经一个世纪的岁月,依旧完好无损。教室宽敞、明亮,宿舍上下铺铁床,给人牢固、踏实、舒适的感觉。

来自水警区所属部队的军官,分期分批,从排长一直到师职干部,两年之内普遍补习一遍,完成学业,全部达到初中文化水平。教员都是从各部队挑选的文化骨干,他们都是"文革"前毕业的高中生或大学生,也有入伍不久的高才生。课程完全按中学生课本设置,有数学、语文、物理、化学,学期为半年,每天6节课,4节为自学。

我作为第一批学员参加补习班。在学校里,大家学习很辛苦,但非常自觉、认真,师生之间互帮互学,有不少学员,因文化底子薄,基础差,经常利用晚间休息时间或星期天、节假日开小灶,加班加点进行复习,教员们也总是不厌其烦地帮教。

住在山区营房,气候适宜,即使是夏天,气温也比市区低一些,尤其是旅顺,靠近海边,夏天最高气温不超过30度,晚上仅20度左右。但山区的夏夜,蚊虫特别多。于是,为了避蚊虫叮咬,确保有个良好的学习环境,大家群策群力,从山上找来一种熏蚊草,将它晒干;晚饭后放在上风处点燃,顿时浓烟骤起,烟雾缭绕,满营区草的清香,泥土的芬芳。这种土办法果然灵,蚊虫远离而去,给学习创造了优越的条件。就这样,功夫不负有心人,经过短短半年废寝忘食的紧张学习,经过严格考试,全体学员都达到了高中文化水平,领到了证书。

有了这一功底之后,也为我以后读业余大学奠定了基础和增添了信心。我在以后的10多年里,分别报考了北京人文函授大学法律系专科、中央党校法律系函授大学本科和海军企业管理大学专科,经过刻苦自学,认真攻读,取得了企业管理大学专科、人文大学法律函授专科和中央党校法律系大学本科学历。

如今,30多年过去了,当年文化补习班的情景时常在我的眼前呈现,深深地印在我的脑海里,魂牵梦萦,挥之不去。

想起旧时的升箩

近日,参加在家乡崇明召开的一次企业联合会上,举办方赠送每位参会者一只手工制作的升箩,作为传统民俗文化的纪念品,真可谓是礼轻情意深,让我想起了旧时的升箩。

升箩,乃衡粮之器,历史久矣。《汉书》中有文:"十升为斗……斗者,聚升之量也。"因此,升箩,亦有日进斗金,步步升高的吉祥寓意。

升箩,乡间也有叫升落或升络,在崇明岛东部地区还有叫升诺的。过去,在乡间可谓家家必备的度量工具。那时,用升箩来度量米、麦之类的粮食,一石等于十斗,一斗等于十升,一升约一斤半多些。

那时候的量器,跟老秤是一致的,都是按十六两一斤计算。古人称秤杆谓权,秤砣谓衡,于是有了权衡一说。升箩也是一样的。告诫人们,拿秤或升称量东西就是权衡利益,就要懂得权衡用秤、用升之道。

另据称,在秤杆上有 16 个刻度,每一个刻度为一两,每两都用一颗星来表示,其中七颗星代表北斗星,六颗星代表南斗星,剩下三颗星分别代表福、禄、寿三星。秤杆上的秤星谓准星,告诉人们,北斗七星定方向,称、量东西不可贪财迷钱莫辨是非,东南西北上下六方,用秤和升时要心归中正,不失信、不偏斜。福禄寿三星,称或量东西给别人要称对、量准。如少一两缺福、少二两缺福和缺禄、少三两福禄寿全缺,如果多一点给人家,那就会添寿加禄增福。称对了、量准了,就会信誉好、威望高、生意兴。所以,秤砣和升箩虽小,其实是在称量人心良心。利益虽高,不义之财不可取。这就是用秤、用升之道。

然而,在旧时,有的奸商米店,常常是高秤进米,低秤卖米,用大斗进米,小斗卖米。在用升箩量米时,还用一根有些弧度的木棍或竹条,将弧度向下,刮低升口的米,做些缺斤少两的缺德事。这种人终将受到良心的谴责,留下臭名。

过去,在一个村子里,谁家有一杆秤称出的东西比较准,那借秤的人就多,这也是以一杆秤能衡量出信誉的标志,秤准了心才能准。因此,家有一杆秤,常被人家借是好事,既能借出人情,又能秤出人心。

有道是,"度万物,量天地,衡公平。"由此可见,秤和升箩的称米、量米过程,就是看一个人做事是否公正公平、诚实守信的过程。这一杆秤、一只升箩也是衡量一个人良心的一把尺。

过去在崇明乡间,会做木匠的人随处可见,但能做出一只上口大、底座小,细腻精巧、容量比例精确的升箩的木匠却不多。升笋虽小,但需要榆树、楝树等材质较好的木料和高超的手艺。因此,在民间有这样的说法来评价一个木匠的技艺,"能做升笋的木匠才算得是一把好手"。可见,做升笋时要求掌握的技艺,须得美观、牢固、拼装时不差一丝一毫,精确难度可见一斑。

这种升笋,在乡间一直延续到 20 世纪 70 年代,因器具大小有差异而不标准,加之随着社会的发展、时代的进步,各种器具的更新换代,石斗升等衡粮器具早已由电子秤等先进的设备所替代而淘汰不用了,但它却深深地留在那岁月已经消逝的时光里和人们难以忘却的记忆里。

清新淡雅故乡竹

　　坐在开往家乡崇明的公交车上，穿过长江隧桥进入陈海公路时，映入眼帘的是，宽敞整洁的道路，碧水微澜的河道，路边鲜艳夺目的花草，一幢幢别致的小楼，把村庄装点得分外秀美。时下正值初夏时节，沿路两旁植被丰富，并不时地被一片片竹林吸引，那一根根新长嫩叶的竹子，青枝绿叶，迎着阳光，随风摇曳，一地秀翠，竹影绰绰，不由让我的思绪回到了旧时的故乡。

　　过去，在自给自足的自然经济时期，对于竹子，可谓是故乡人的至爱。地处崇明生态岛得天独厚的自然条件，每家宅后都会种植一片竹园，品种繁多，有燕竹、淡竹、篾竹、黄楝竹、水竹、黄金竹等。这些竹子，对农家来说，无论生产资料和生活用品，都是不可或缺的重要材料。人们使用的家具、农具、日常生活用品多半用它们手工制作。手艺人从容而娴熟地操作传统工具，一只只精巧而结实耐用的筥箕、簸箕、竹篮、箩筐、竹椅等竹编制品，以及竹杠、竹柄等劳动工具，和张张竹席便在他们手下慢慢地成形。这些手工制品虽不如现代机械工艺打造的产品精致规整,但自有一股清新拙朴的味道,散发着原材料的淡淡清香,给人以绿色环保和亲近自然的感觉。

然而,竹子曾遭遇过不幸的岁月。在那"以粮为纲、大干快上"的年代里,竹园连同树木统统被列入"不要资本主义之苗"的行列,不准发芽、不准生根、不准生长,没有它们的立足之地。一时间,岛上的树木被砍伐光,竹林地全部消失了,原先的林地都被改为粮田、菜地。

好在时世沧桑皆有变数,风水风土风情不会一成不变。近年来,在崇明打造世界级生态岛的进程中,竹林遇退耕还林的好时光,迎着冉冉升起的曙光,生机勃勃地长成了具有诗人气质的美丽身姿和诗意般的浪漫情怀。

随着社会的发展,时代的变迁,如今新材料广泛代替了传统材料后,竹子的功能也在发生变化。竹器离我们渐行渐远,竹制品已退出了作为生产生活用品的舞台。竹林成了可供人们休闲娱乐的场所,竹编成为工艺观赏之物。竹林,一年四季清新爽神,成为乡村一道亮丽的风景线。春天,新笋萌发,生青欲滴;夏天,枝盛叶茂,一片清凉;秋天,碧翠葱郁,赏心悦目;冬天,寂静安详,幽雅神秘。

走在乡间的路上,一片片千姿百态的竹林,袅袅婷婷,涌进眼帘,那浓浓的竹叶就像游动起伏的苍苍暮云,遮天蔽日;那劲挺昂然的竹节,如君子,峻颜开朗明润而清澈;那密密的干就如婀娜多姿的仙女,纤纤玉立,幽静而迷人,陪伴了风,舞之蹈之,给隐身其后的大地增添了几分情趣。

难忘乡野走夜路

20世纪60代初期,家乡崇明岛还相当贫穷落后,百姓生活十分艰苦。那年,我刚满15岁,除了白天参加生产队劳动之外,还将自小学到的手艺,做起竹篾制品的手工活,增加点收益,补贴家用。经常利用早晚时间做竹篾活,晚上在昏暗的煤油灯下(因当时乡村还没有通电)做竹篮等竹篾制品,清早起来将做好的竹篾制品拿到集市上出售。乡野走夜路成了我的家常便饭。

那会儿,家里没有钟表,而农村上集市都是早市,天蒙蒙亮就得上镇,到太阳出来时已快散市,整个集市只有两个多小时。由于使命在身,加上离集市路远,又没有自行车等交通工具,到离家20多里的集市,需步行两个多小时。每次上镇,都要凌晨2时起床,3时出门,5时赶集。

没有钟表,岛上人们便摸索着利用月亮和星星位置变化掌握时间。晴朗天气,可以据此比较正确判断和掌握时间,遇上阴雨天,那就得凭经验。

　　那一年隆冬的一天,我到离家 20 多里的集镇上销售自己加工好的竹制品,正遇上阴天。父亲数次起床仰望天空,凭着经验,估摸时辰,估计黎明将要到,便把我从睡梦中叫醒,我揉了揉惺忪的眼睛,挑起了 20 多只竹篮,顶着凛冽的寒风,走进了夜色。

　　那时候乡路几乎全是坑坑洼洼的黄泥小路,刚走出宅院不远,就被无边的黑幕包围,四周弥漫着一股神秘的气息;走出乡镇,天仍然昏暗着,丝毫没有亮的意思,前面又是荒野了,渺无人烟,路旁还有很多坟冢。由于时常听大人讲些离奇古怪的鬼神故事,因此走夜路,总是战战兢兢的。那些故事萦绕在我的脑海里,那坟茔里逝去的人,故事里的鬼神,好像就出现在我的面前,面目狰狞可怕。老鸹哇哇地叫着,远处的磷火在闪烁,路旁的茂林修竹黑黢黢的,头顶的竹枝树枝连成一片,仿佛走进黑暗的隧道里,荒野的路是那样幽深、恐怖和漫长。此时的每一点动静,都使我提心吊胆,毛骨悚然……

　　好不容易走出漫漫荒野,终于来到公路上。虽然没有路灯和行人,总比乡间小路要好多了。当走到离集市不远处,天突然下起雨,就赶紧躲进了附近的一个破庙里。雨越下越大,站在屋檐下,静下心来时,刚才还是热乎乎地冒出细汗,不一会便全身打起哆嗦来,站在那里一个劲地搓手跺脚也无济于事。外面除了雨声外,一切都静得令人窒息。此时,越是焦急地等天明,天明却迟迟等不来。忽然间,不远处传来一阵婴儿的哭声,走近一看,原来不知是谁,将一个婴儿装在竹篮里放在庙门口。我想肯定是哪家因孩子多,养不起而丢弃掉的。好在不一会儿,看到有位中年妇女将其捡起抱走,真是遇上了好心人。在那个年代,这样的事情,在乡村经常发生。

　　大约又过了近一个小时,天开始放亮了,雨也停了,天空放晴了,路上赶集的人渐渐多起来了,我随着人群赶到了集镇。此时,一轮朝阳在东方喷薄而出,大地泛起碎金似的光晕,暖意融融。说来也巧,那天的生意特别好,20 多只竹篮一销而空。一路的恐惧、艰辛、疲劳和饥饿顿时烟消云散……

　　半个多世纪过去了。回想当年那 20 多里路,提前早走近三个小时,伴着一身冷汗,让我走过了荒野,走过了黑暗,走过了迷茫,更是经历了一次意志磨炼,从而走向成熟,走向美好人生之路。

想起当年拔棉秆

棉秆,乡间称棉花萁。旧时的家乡崇明,每逢秋末初冬时节,棉花收完后,就要尽快将棉秆拔出,以便将腾出的棉田空地及时种上麦子、油菜、蚕豆之类的过冬作物。于是,这个季节总会有半个多月的时间拔棉秆。

拔棉秆是一种又苦又累的力气活。因为彼时的棉秆还没有枯萎,秆梗上还长着不少新叶,秆底下盘根错节,与土壤紧紧相缠,生命力极强。此时,仅靠双手难以拔出,要用一种特制的拔棉秆小铁钩,再借助腰部和手指的巧劲,便可硬生生地将棉秆拔出,一天下来,腰酸背痛,筋疲力尽。经过半个多月拔棉秆,手上也总会打出几个血泡,长出一层老茧。

那时候,将棉秆拔出后,农人们挑选那些棉秆粗直的,趁着新鲜时将表皮剥下,可卖给生产资料收购部门,当作编织麻袋(即编织袋)的材料。另外,还可当作绳子的原材料,用棉秆皮搓绳子,不亚于麻绳,非常牢固,可谓是无需成本的好材料。

那些剥了皮的和细小的棉秆,将其晒干后收藏起来,平时舍不得用,要等到过年过节时,用它来作为蒸糕,或置办年菜时的烧柴,既耐烧又旺火,而且连烧尽的棉秆灰还可当作烘缸里的暖灰,保温耐力足、时间长。

记得那时候,父亲将棉秆的皮剥下后,放在水沟里浸泡数日,再把它捞出后,用木槌轻轻敲软,撕成细条捆扎好,将大部分的棉秆皮条卖给生产资料收购站,换些零钱,作为家用开销,剩下一些备作搓绳的材料。到了冬天农闲时,将它搓成各种各样的绳子,有用作挑担捆东西的担绳,有用它压簾子的簾子绳,有用作丈量土地、作物的调界绳,经济实惠,牢固耐用。

过去,家乡崇明岛上,家家户户都种棉花,人们身上穿的衣服,盖的被子全靠棉花做原料,并全靠手工制作。棉花生长期特别长,从春天播种到秋天摘棉花,再将棉花纺成纱、织成布、做成衣被,真是一年到头忙个不停,个中辛苦可想而知。

然而,尽管如此,棉田也有风光的时候。到了夏天,一块块棉田开出五彩缤纷的花朵,光鲜夺目,绰约英姿。结出的一串串棉桃(乡间俗称"棉花卢都")青翠欲滴,挂满枝头,丰盈艳丽。到了秋天,团团如雪的棉花,如天仙洒向人间的白花,晶莹剔透,分外妖娆,成为乡村一道诱人的靓丽风景,农人们看在眼里,喜在心中,一年的辛苦也就烟消云散。

如今,随着社会的发展,人们身上穿的衣服,全是用机器制作,不少面料还是从国外进口的。乡间几乎看不到种棉花的,也没有用棉花手工织布做衣的,现在的年轻人更是不知道什么叫纺纱织布,棉花在乡间已见不到它的身影。然而,旧时拔棉秆和剥棉秆皮,用棉秆皮搓绳子,以及纺纱织布时邻里之间其乐融融的情景,却至今仍记忆犹新,深深地印记在我的脑海里。

乡愁琐忆

风吹稻浪白鹭飞

　　金秋时节,一场连续数日的秋雨过后,迎来了暖阳,太阳给云朵涂上了金边,大片稻田里,碧叶金穗,稻浪翻滚,仿佛镶了许多金线的薄纱在艳阳下飘逸,洋溢着丰收的气息。几个正在田间劳作的身影在绿叶丛中若隐若现,时而有几只白鹭腾空飞过,忽而齐齐盘旋,忽而静静落下,形成了一道道风吹稻浪白鹭飞的壮观美景。河道边芳草萋萋,河水清清,流水潺潺,浮萍游移,鱼虾嬉戏,在阳光的照耀和秋风的吹拂下,家乡崇明构成了一幅幅秋天浪漫多彩的人与自然同框的田园诗画。

　　秋高气爽,天蓝云净,空气通透。行走在一排排绿意葱茏、小河相伴的乡路上,秋阳下的银杏树叶泛着金黄,水杉树则半黄半绿,与青翠的樟树高大树冠和火红的栾树花层次丰富,错落有致,交相辉映,不时跃入眼帘。然而,这些高大茂密的树木,繁花彩叶,色彩斑斓,艳丽妩媚,争夺着土地和阳光,炫耀着各自的身姿,跃动生灵,充满生机活力。

　　那一幢幢别致的农家别墅掩映在碧水环绕和绿树繁花间,家家宅院里种植金银桂花,"风动桂花香",满树的淡黄小花,伴随着缕缕凉风,整个村子都沉浸在这悠然的芬芳里。这里除了花草树木之外,还有那红红的柿子、橙黄的橘子、翠绿的甜芦粟、青紫的葡萄等时令水果。还有那白扁豆、紫扁豆、香酥芋、金瓜等时令蔬菜,俨然一个个勃勃生机的多彩果园,更是整洁安宁、详和静怡的田园风光。

　　那一条条乡间路,犹如一根根长长的织线,那精神抖擞、南来北往的乡亲,便是一枚枚小小的织针,他们从绚烂的朝霞中织起,到艳丽的暮霭里收梭,他们在金灿灿的田野里,编织出一张张希冀的网,捉住了一个个美满的收获,播撒上一个个绿色的期望。

　　晨曦中,河面的雾霭缠缠绵绵地从田野上飘然而来,秋风夹着泥土的腥气掠过舒畅的水波之上,水波不兴,清澈透明,水草含情脉脉摇曳着婀娜的身姿,如婉约的女子款款而来,触而不及,不由令人顿生"可远观而不可亵玩焉"的感慨。

　　秋日的阳光,时而热烈,时而被秋云遮盖,那金黄色的稻穗,也随着秋阳而时阴时亮。当秋云遮住时,稻田被一片阴沉笼罩,当阳光照上去,再"唰"的一片艳光打过来,面对如此霸气和明亮的金黄,让人心花怒放。

　　午间,柔和的阳光铺天盖地洒遍整个河面,波光粼粼,散发着碎金般的光芒,几只水鸟悠闲地游着,自由自在,其乐融融。站立在岸边树枝上的几只喜鹊,时而摇头晃脑,左顾右盼,时而飞到田间,争相觅食,影影绰绰,欢快的叫声打破了乡野的静谧。这里有几个张网和垂钓者,他们手持网杆和鱼竿,正聚精会神地蹲守在河岸边,每当起网或垂钓到鱼儿时,引来过路人的驻足围观,好不恬静、惬意。

当晚霞的斜晖将西天染成艳红的时候,暮霭萦绕着整个村庄,那一团一团的雾气混合着农家宅院冒出的袅袅炊烟在微风的吹拂下缥缈着,在水面、在田间、在树梢,影影绰绰,像梦、像仙境、像一场天上人间的爱情传说,唯美得令人挪不开眼睛。

经过一天忙碌劳作的乡亲们,他们早早地吃完晚饭后,有的三五成群在乡间小路散步,谈笑风生;有的在健身广场,伴着优美的乐曲,跳着健身舞,天际晚霞的余晖映衬着一张张笑脸,充满着欢乐和温馨。

有道是:因秋风起兮思故乡,更为美味而念故乡。"秋风起,蟹脚痒,菊花开,闻蟹来。"时下,正是那青背、白肚、金爪、黄毛的崇明清水蟹成熟上市,喜迎食客来这里品闲情。

皎洁的月光如流水,温柔朦胧,静静地倾泻在故乡的土地上,美丽明净,绘就了一幅生态美、百姓富的画卷展现在凉爽惬意的秋风中和缓缓合拢的暮色里。

最美画卷是故乡

崇明岛地处长江与东海交汇处,由上游来沙日积月累,沉积形成。它是中国第三大岛、世界上最大的河口冲积沙岛。崇明岛有着得天独厚的自然环境和地理位置,物华天宝、人杰地灵、得江海之神韵,成为"中国长寿之乡",也是中国直辖市中第一个"中国长寿之乡""中国第一个长寿之岛"。放眼历史,明太祖朱元璋曾亲笔挥毫赞崇明岛为"东海瀛洲"。瀛洲者,风光旖旎秀美如仙境也!

1918年春,25岁的青年毛泽东在长沙送别新民学会罗章龙赴日本留学时,作了一首《七古·送纵宇一郎东行》,诗中写道:"平浪宫前友谊多,崇明对马衣带水。东瀛濯剑有书还,我返自崖君云矣。"在那气势恢宏的诗中表达了青年毛泽东在研究中国地理和世界地理的过程中,就已关注崇明这块风水宝地。时隔40年后的1959年4月,中共八届七中全会在上海召开时,毛泽东以自己特有的浪漫语言风格,提出了"想学明朝徐霞客,从黄河口子沿河而上……再从金沙江一直到崇明岛"。而且"只准骑马,不准坐车"……再一次把崇明纳入自己的宏观思考范围。尽管做了许多准备,由于种种原因,毛泽东这一设想未能如愿。但是,毛泽东的这一愿望已被载入史册。

崇明,这里是一块净土,生态自然,空气清新,环境优雅,气候温和,日照充足,雨水充沛,四季分明,土地肥沃,树木茂盛,物产丰富,全年的平均气温 15℃,空气相对湿度常年保持在 80% 左右,森林覆盖率达到 25.1%,环境空气质量优良率达到 77%,东海海面上吹来的东南风常把北方来的雾霾阻挡驱散,夏季湿润凉爽,冬季温和,光照充足。加上吃的从水产品到农副产品很少有污染,素有"绿色自然氧吧"和"生态福地"之美称,是养生休闲的理想之地。

崇明在漫长历史的进程中,开启、演绎、积淀、形成和发展了宝贵的崇明地域文脉,包括历史文化、生态文化、农耕文化、垦拓文化、民俗文化、乡土文化、人文文化、长寿文化等。

崇明大浪淘沙,沧海桑田,聚天地之灵气,揽日月之精华。元明以来,崇明有新老"瀛洲八景"之誉,成海上圣地。"七浦归帆""层城表海""金鳌镜影""玉宇机声""渔艇迎潮""醝场积雪""吉贝连云""沧江大阅",说的是瀛洲老八景的历史之美,目前已大多踪迹难寻;"东滩芦荡""西沙夕照""森林绿梦""海天长虹""镜影长兴""横沙日出""长堤读潮""北沿凝聚",则是今日崇明新八景之现实写照。

养生有新梦。近年来,崇明按照世界级生态岛的功能定位,实行一镇一树,一乡一品,并建设成为"生产生活小广场、人水和谐小流域、一村一品小产业、庭前院后小花园、乡村人文小景观"具有海岛特色的新格局。加之岛上水洁、土净、空气清新,蕴含着无限生命营养的天然氧吧,使全岛自然环境更加优越,一年四季绿意盎然,繁花似锦,色彩斑斓,充满生机和活力。

人生风雨数十载,看过太多风景,在寻寻觅觅的岁月时光里,总想采一抹不变的色彩,留下深深浅浅的生命痕迹。最终,只有故乡,才是岁月里最美的画卷。

崇明生态岛,是天赐的瑰宝,有着深厚的历史文化遗产。崇明生态岛,更是一本乡愁乡音的线装书,留给人们细细品味……

古韵悠悠米行镇

　　米行镇，又名老米行镇，地处崇明陈海公路渡港桥畔。米行镇始建于康熙初年，距今已有 300 多年历史。据清康熙《崇明县志》记载的"盛家米行镇"距涴村镇十里，靠近渡港。该镇东市有平福庵，名载清雍正《崇明县志》。该镇有经魁桥，跨渡港，名载民国《崇明县志》。西有米行桥，为日伪时所建水泥环形桥。

　　当时具有江南水乡特色的米行镇，全长 1.5 公里，紧靠公路，中间为一条船只能进出的米行河贯穿全镇，交通十分便捷。老米行镇也是苏北与江南的大米经营集散地之一，又是崇明岛最大的大米经销场所。古人称经营大米的商店为"行"，米行镇由此得名，更是因米而兴盛。

　　当时的米行镇老街为东南西北走向，街面为南北合观街，米行河从老街中间穿越，一座座跨河桥梁相连，遥相辉映，远眺近观，风韵无限。米行河内船只往来，运送粮食，供米行镇店商经营。河西岸街市繁荣，商业发达，数十家商铺鳞次栉比，热闹非凡,吸引了整个崇明乃至苏南、苏北地区粮食商贩纷纷前来交易,同时也带动了该镇作坊、茶馆、餐饮和旅馆业等商业繁荣发达,老米行镇成为崇明岛东部地区颇具规模的集镇之一。

米行镇的美,浸透了清秀与雅致。据史料称,当年的米行镇老街,东街头有荷花池(注1),西街头有仙鹤沟(注2),北街头有摸奶桥(注3),留下了许多美丽的传说和故事。还有那一幢幢古宅以建筑之美与民俗风情有机融合的形式,向人们展示着素雅秀美的江南水乡生活画卷。临水而筑的宅第,有着一座座轻盈、灵巧的水码头伸入水中,来来往往的船只穿梭,一派繁忙景象。老米行镇散发着古朴典雅和传统民俗气息的街巷,连接着悠悠的岁月,充盈着浪漫的色彩,更是紧连着当地经济、文化和百姓生活,恰似一幅幅旖旎隽丽和充满江南水乡文化底蕴的风景图画。

米行镇积淀了深厚的文化内涵,构筑了浓郁的江南水乡风情,更是飘逸着厚重的历史气息,孕育了各类人才从这条蜿蜒起伏的古老街巷走出。该镇南有近代著名的施氏家族,以施佑之、施添筹、施允功祖孙三代著称。施允功历任无锡、靖江、江阴、吴县、南汇五县"学台"(指教谕或训导),系"文六官、时裕后裔""贵州主考"。另有东施家施锡侯,西施家施生祥,为当地较有名气的医生,在家开设私人诊所行医,为民治病,医德高尚,医技精湛,深受人们崇敬。施祖荣,为施生祥之子,大通纱厂工作,20世纪40年代末,在五滧镇东建造了一座中西结合式的三层洋楼,后为登瀛中学办公室,砖木结构,红砖外墙,尖顶,西式门窗,建筑风格独具一格,20世纪90年代拆除。

　　还有据崇明《龚氏家乘》"南宅五房九州后"的一支,"住老米行镇"。迁崇第 20 世龚达河,字源昆,号子溁,又号子葵,庠名邦达,邑庠生。该龚氏家族住宅原属五滧八大队,后改属合兴一大队,龚子葵子龚济模,孙龚焕然。另龚氏家族"南宅五房鸠锡后",迁崇第 13 世龚国士子龚在明(倩霞,乾隆二十一年丙子科江南乡试第七名,始居米行镇,后迁堡镇西,再迁堡镇。),其孙龚芳桂,曾孙龚念祖,玄孙龚家瑞。另迁崇第 13 世龚大勋,子龚培,孙龚锜,曾孙龚之龙,玄孙龚锡田。龚锡田曾孙龚家楣等,居住堡镇纱厂东南宅。据崇明《龚氏家乘》记载,有清嘉庆二十三年(1818)施展成撰《南香公传》:"吾邑南香业师讳芳桂字屺芳。……太老师倩霞公以丙子魁江南。……先生始居米行镇,家贫四壁萧然,后徙居堡镇西,以砚田为生计,家渐裕,后又徙居堡镇镇。""经魁桥"当以乾隆二十一年(1756)举人龚在明而得名。

　　该镇倪氏家族与施姓、宋姓齐名。南倪家宅在米行村九队,遗有老房子,人称"明朝屋",建于明朝崇祯年间,350 年之久。该宅建筑的主要特色是四落檐式青砖小瓦的平房建筑。清末倪琮 8 岁夭折,聘妻沈氏守寡终身,于光绪二十六年(1900)病故,翌年,"光绪廿七年仲春谷旦"获赐"瑶池冰雪"匾额,署"钦命刑部右侍郎、江苏督学部院龙为倪琮之妻沈氏立"。"文革"期间毁灭。后代有倪才郎、倪贵华、倪其祥祖孙三代。北倪家宅在米行村七队,人称"三斗三升芝麻官"倪家宅。东倪家宅在向化镇南江村闸西九队,称"四个头烟囱"倪家宅。西倪家宅位于堡镇王清穆农隐外庐西首。《倪氏家乘》"仁杰公后"一支后代,倪楞,子西音,号严斋,太学生,"墓在老米行镇向西一里余"。子春熙、春晖,玄孙慰祖、宝铭、宝善、宝贤、绳祖、念祖、泰来、纯儒等。

然而,令人可惜的是,1940 年农历六月廿五,日军占领崇明时,因"崇总"抗日游击队奋力反抗,在渡港桥西埋设地雷炸死炸伤多名日军的情况下,日军在米行镇进行"扫荡"报复,杀死无辜居民 10 余名。是年农历六月廿九,日军又一次将老米行镇由西向东的整个街市实施焚烧,从上午 8 点一直烧到下午 3 点,671 间商店及周边民房烧毁,209 户人家无家可归,一时间,整个街巷被笼罩在枪声、杀声、哭声和腥风血雨之中。从此,老米行镇这座有着数百年历史,人们过着闲适、安逸生活的美丽小镇成为一片废墟,直至 20 世纪 60 年代,还残留着不少断墙残壁,荒宅焦木。

春日的一天,来到老米行镇旧址。明媚的春光和暖暖的春风,混合着青草的气息,泥土的芬芳,还有各种花的清香,在清新的空气里扑面而来。整洁的村庄,在高大挺拔的行道树映衬下,并肩毗连的民居群落整齐划一,美观大方,在古老土地的怀抱里沉静地耸立。楼前小院,桃树鼓着淡紫的苞,柿树顶出鹅黄的叶,月季摇曳着风姿绰约的美,玉兰绽放幽雅高洁的花,以及院外田野里那一片片金灿灿的油菜花,还有那乡亲们灿烂的笑容,交相辉映。穿村而过的河道蜿蜒,河面雾气缥缈,河水清风荡漾,望着那一派生态秀美、生机盎然和人们安居乐业的景象,总有一种沧桑之感涌上心头,让人思绪万千……

而今虽然当年闻名遐迩的米行镇及荷花池、仙鹤沟、经魁桥等均已无存,但老米行镇的名字、原汁原味的乡间故事,以及那曾经的繁华和米行镇人民反侵略、反压迫的斗争精神将永远深深地铭刻在人们的心中,留在人们难以忘却的记忆里。

注 1: 荷花池。位于老米行镇东北,靠渡港的米行村 6 队,当地人也称荷花田。建于明朝末年。邑人施允功,字铁伦,赐进士出身,册封翰林院编修,贵州主考。当年的施家宅坐北朝南,砖木结构,三进两院,硬山顶小青瓦屋面,四周环绕护宅沟。在住宅范围内以独具匠心的设计和巧妙合理的布局建造了一个荷花池,面积 2 亩多,长椭圆形,小巧玲珑。池塘四周果树名木,赏心悦目,池内莲类花卉,品种繁多。每当莲花盛开的季节里,荷叶飘香,莲蓬招展,引来蝶飞蜂舞,鱼儿穿梭,妙趣横生。放眼望云,一幅"接天莲叶无穷碧,映日荷花别样红"的图画跃入眼帘。那五彩缤纷的荷花,争相斗妍,香气四溢,给宅院增添了勃勃生机。故荷花池远近闻名,沿袭至今。目前该地早已填没,房屋拆除,旧迹也荡然无存。

注 2: 仙鹤沟。位于老米行镇西南约 1 里处。相传,在前清时期,当地一个倪姓大粮户,拥有很多土地和钱后,在周围选一块好地作为祖坟坟址,并开挖成一条长 100 多米、宽约 15 米的河沟,形似一只展翅腾飞的仙鹤,同时在河沟四周种植松柏,寓意"松鹤延年",仙鹤沟由此得名,并流传至今。目前该地已填没,仅有鹤头部位 20 余米还尚存。

注 3: 摸奶桥。位于米行镇北,在瀛北大队一生产队内,有一条长约 7 米的独木桥。相传在前清时期,当地有一个不务正业的年轻人,整天游手好闲,仗势欺人。一日该男子在桥边游玩,见桥那头一位漂亮女子手提饭篮要过桥,便故意从另一头过去,当行到桥中央两人相遇时,该男子便乘机调戏该女子,吓得女子大声呼喊"救命",并落入水中。正在田间劳作的乡邻听到呼救声,从四面八方赶来,把姑娘救起,抓住了这个家伙,并罚他限期三个月将这座独木桥改建成石桥。从此,乡邻们为教育后代不调戏妇女,就称这座桥为摸奶桥。现该石桥早已拆除,不复存在,但"摸奶桥"的故事一直在民间流传着。

遥念南四潋老街

　　位于崇明堡镇四潋村与瀛南村交界处的四潋镇,俗称南四潋镇。据《五潋乡志》记载,该镇于清乾隆年间形成,迄今已近300年历史。旧时,由于该镇地处长江之滨崇明岛东南部的四潋渔港,也是崇明岛上第一潋(即在崇明岛上,按顺序依次排列命名的潋,从四潋打头开始)的集镇。港内船只往来频繁,鱼鲜贸易活跃,集市十分繁华,也带动了该镇的经济和商业繁荣发达。具有江南水乡特色的四潋镇,以河筑屋,以水成街,沿河沿街成东西南北走向的十字形集镇,店家商铺,白墙黑瓦,雕梁画栋,古朴典雅。为营造遮阳避雨的空间环境,沿街街面搭建有木梁土瓦廊棚覆盖,廊棚下,又是人们休憩、交流、聚会的好去处。街中路面铺设长方形的石条,历经岁月风霜,被踩得溜滑圆润,演绎着老街独有的古朴风情。整条街巷上,客栈、茶馆、肉铺、鱼鲜铺、小吃店、豆腐摊、碾米厂、铁铺、布庄、轧棉花店、染布店、杂货店、理发店等商铺林立,商品琳琅满目,生意兴隆,各路客商云集,人头攒动,热闹非凡。当年的四滧镇成为崇明岛上颇具规模、遐迩闻名的集镇之一。

　　另据清雍正《崇明县志》记载："箔沙中区"下辖"井亭镇"；四滧竖河有"井亭桥"，西距县城 60 里。"井亭镇"已湮没……崇明《施氏宗谱》"文六官，泽后裔"的一支后代，迁崇第 22 世施正兴、施正荣居住"崇四滧井亭"。据此推断旧址所载箔沙中区的"井亭镇"即在南四滧镇附近。所谓"井亭"，指的是乡间道路旁所凿的井（即义井），以及所建的亭。在旧时，有井有亭，可供行人"风雨思歇，疲渴思饮，暮夜思灯"之享用。然而，四滧井亭称为东井亭，西井亭在新开河镇西（即博济庵）。

　　贯穿四滧镇街巷的四滧河上的井亭桥，也称东井亭桥。建于清代中期，其长 10.5 米，宽 4 米，木材结构，东西走向，横架于四滧河上，连接四滧镇河东河西街巷的唯一通道。该桥在历史上有过两次大的修缮和改造。一次是在清末，由本村樊享正带领当地木匠修缮，并增设木栏杆，造型美观，在当时崇明岛上同类桥中亦属首屈一指。另一次在民国初期，由当地秀才龚子昌发动村民募集资金重修，并将木栏杆改成铁栏杆，栏杆两侧木底圆铁支架，桥面横木风凉格架，中间架设两条桃木的平行车道，桥的两边垫有石板，坚固耐用，式样新颖。这座与众不同的木桥以其婀娜多姿的身影躺卧在碧波之上，格外夺人眼球，成为岛上一道靓丽的风景。20 世纪 60 年代初，兴修水利，开阔四滧河时拆除。随后，由于港口闭塞，筑上大堤，客商剧减，四滧镇日趋冷落。到了 80 年代，街道建筑已基本拆尽，唯有流水依旧，四滧镇成为有名无实的旧址。

　　记得当年上小学时,四滧小学就在桥的西边北侧,课余时间常和同学们一起去桥上观光玩耍。站在桥上环顾四周,水乡风光一览无遗。从桥上往南近看,港内船只云集,悠悠穿行,停靠在港岸边的渔船和手抬肩扛的人们装卸着活蹦乱跳的海鲜,人声鼎沸,一股鱼腥的味道在港岸上空弥漫着,这里充满着一派繁忙和喜悦的景象。往南远眺,烟波浩渺的长江和穿梭不息的船只,白帆点点,十分壮观。向北望去,两岸是错落有致的民居和长势茂盛的庄稼。晨光夕阳里,碧水盈盈,波光渺渺,芦苇青青,随风摇曳,赏心悦目,似一条玉带飘向前方,令人心旷神怡。桥的东西两侧则是街巷,沿街除了星罗棋布的商铺外,还有几处明清时期建筑的宅院点缀其间,白砖青瓦,画栋雕梁,花式木窗,庭院深深,人家枕河,呈现一派江南水乡民居建筑风格。

　　四滧镇西市梢北侧,四滧小学南侧,有一座井亭庙,也称东井亭庙。相传,该庙建于清代道光年间,同治年间改名为天后宫。供奉大小菩萨数十尊,香火旺盛,享誉遐迩。后因局势不稳,香火渐衰,一度成为土匪、自卫队的落脚点,无住持和尚。20世纪五六十年代,长年看守寺庙的有两位老人,一位不知姓,名叫才林,另一位是左手残疾、名叫张全郎的老人。

　　寺庙在民国时遇到过一次火灾,大部分建筑被烧毁,所剩无几。新中国成立后,庙内办起了四滧小学,把菩萨迁至西市梢一间茅草屋内。此屋虽四面透风,窟洞通天,破烂不堪,但佛事照常,香火不断,前来烧香拜佛的香客络绎不绝,时不时地传来南无阿弥陀佛的诵经声,清脆的木鱼声,悠扬的击磬声,美妙动听。庙前左侧还搭建一个木结构的戏台,每逢过年过节和三月二十三娘娘节期间,常有当地的或外来的戏班子在此登台献艺,演出诸如木偶戏、崇明山歌等地方特色戏,顷刻间,锣鼓喧天,四方船民及当地村民前来观看,人山人海,商贩云集,热闹非凡。可惜,在"文革"期间,佛像被打碎埋掉,寺庙和戏台被毁弃拆除,荡然无存。

遥想在四滧小学读书时,经常利用课余时间约几个同学去庙里玩,与僧人香客和睦相处;与村民一起看戏,欢声笑语,欢呼雀跃,其乐融融。那时候的乡村,没有收音机,也没有录音机,更没有电视机,物以稀为贵,每次有戏演出,就像过年一样,人们奔走相告,从四面八方赶来观看,不放过良机,一饱眼福。台上的山歌唱得悠扬动听,节目演得活灵活现,台下的观众听得入神入迷,看得如痴如醉,深深感悟地方文化的无穷魅力。

另据史料记载,在四滧镇西首有一处南北走向的窄弄,世称引线弄。相传,当年弄内有民间艺人倪道生开设的一爿引线店(乡间称各类缝衣针为引线),店面朝西,两间低矮的旧式瓦屋,手工自制的各类缝衣针,质量可靠,技艺高明,深受百姓喜爱。由于生意兴隆,远近闻名,客商来往不绝,引线弄由此得名,距今已有150年历史,旧址已无踪影。另外,在四滧镇北约300米处,现今八生产队一号河两侧有个营盘垱。据《五滧乡志》记载,清代光绪年间,由杨通令领兵500驻防四滧港,在该地扎有营盘(指建兵营的地方),以供驻兵食宿,营盘垱之名由此而来。四滧港外口还建立瞭望墩,墩上设有烽火台。现今旧址无当年痕迹。

　　50 多年过去了,故乡面貌异变,井亭桥、井亭庙和四溆镇、四溆小学虽已不见踪影,但人们对这些曾经的所在地仍然按旧址的名字称呼,留下的许多故事和传说,依然在这里传诵。其实,古镇、古桥、古庙、古建筑,尤其作为崇明岛上第一溆的四溆镇,对传承崇明传统文化、历史文脉有着独特的标志性意义。四溆镇从兴起到消逝,在崇明岛的历史上存在了 200 多年,它对这一地区的经济和文化的繁荣发展提供了有益的启示,发挥了良好的作用。

　　有道是,一个地方总要有一些让人有"念想"的东西,那么它才能唤起人们对它的记忆,才会对它产生依恋之感。也有人说,一条街道倘若是有历史的,那么它应当由两种方式来加以证明:一种是文字,一种是建筑。可现在,这两种方式都已经没有了,真让人备感遗憾。

　　四溆镇,萦绕着我童年和少年时代的多少欢乐和梦想。但愿历史繁衍在人们身上的那一脉故土辉煌的情结和公序良俗的风气,成为宝贵的精神文化财富。我将用文字把它记录下来,立此存照,留存于世,代代相传。

清丽优雅潋村镇

潋村镇，位于堡镇东约 4 公里处，南靠大通河，西临小漾河，名载清康熙二十年(1682)编纂的《崇明县志》。另据记载，该镇以"文四千户，可知后"施氏家族著称，有东三井、西三井、堂名"尚义堂"，墙门有"垂裕后昆"砖雕。

相传明末清初，由于潋村镇地处大通河东与四潋港相通，西与县城相连，是水陆交通的枢纽，成为四面八方的商贩、客商开张营业的一方宝地。其中有该镇上的商贩施潋村，利用他自己的两条船，来往于岛内外进行土布及农副产品交易经商。据称，当时他的布庄拥有周转布匹在千匹以上，运至山东、东北一带销售。他的资本厚实，交往广泛，颇负盛名，人们就用他的名字来命名。"潋村镇"之名由此而来。

由于有天时、地理的有利条件，潋村镇一度十分繁荣，在民国初年至民国三十年左右，潋村镇达到全盛时期。当时的潋村镇东西走向，全长 300 米左右，一水分两人街，小漾河穿街而过，河上架有竹桥,连接东西街。河东街 200 米左右,河西街 100 米左右。沿街建筑,砖木构造,梁、柱、门、窗一应俱全,街面不宽,3 米左右,两边搭建有廊棚,廊下行走,晴天遮阳,雨天避雨。镇上有杂货店、饮食店、酒店、烟店、茶馆、豆腐店、肉店等 20 多家,鳞次栉比,商铺林立,颇具规模,生意兴隆,经济繁荣,市场活跃。临街还错落有致地间杂着民舍草棚和好几进深的深宅大院,屋角粗壮的老树繁花衬在青砖灰瓦的背景中,让人品味无穷。

旧时的春节是农民一年中最隆重的节日。因此,到了小年夜,人们就要忙碌起来,置办年货。相传,腊月廿四为灶君上天之日。按崇明岛上的风俗习惯,家家都要吃廿四夜饭。然而,岛上人家都是廿三那天过廿四夜,唯有漵村镇上过廿四夜是当日的,这在崇明岛上可谓是独一处。据称,由于漵村镇上的先辈出外做生意的人多,过年前几天正是最忙的时候,所以一直忙到廿四夜才赶回家与家人团聚。久而久之,约定俗成,这一习俗一直沿袭至今。

漵村镇地处农村,镇上店铺的主要营业对象是附近的居民,而农民的生活习惯,大多是白天黑夜从事繁重的体力劳动,只能在早晨天刚蒙蒙亮时,抽出时间到镇上(乡间称上镇)农贸市场出售自己生产的农副产品,或购买生活必需品,久而久之,"早市"便成了约定俗成的集市贸易惯例。

另据史料记载,漵村镇东边不远处,有条小镇叫六尺头镇,又名火通镇(火通,也称吹火筒。指灶膛吹旺柴火用的竹管,约 50厘米长),以示镇很短,规模很小。相传,当地粮户施梦良家族,另有陈姓及河南边的朱姓人家,一起在大通河沿旁开了几爿经营食用品之类的小商店,相向而筑,排列成一片,形似一条小巧玲珑的袖珍小镇,"六尺头镇"由此得名。

随着社会的发展,乡村水利建设的需要和商业网店的规划,溦村镇上的商店逐渐减少,到了 20 世纪 80 年代初,各类商店已淡出人们的视线,荡然无存。昔日繁盛的街巷,如今成了民风淳朴、环境整洁、生机盎然,深厚的人文历史和自然生态交相辉映的风情小村。

夏日的一天,来到阔别近半个世纪的故乡溦村镇,放眼四望,这里景色秀丽,绿树成荫,鸟语花香,镇北边那棵植于明万历初年的古银杏树,历经 460 多年的沧桑岁月,依然雄伟挺拔,树影婆娑,蔚为壮观;古树西边、溦村镇北侧的瀛杏湾农庄,名木荟萃,花草盎然,果物笑靥,一泓碧水,芦叶翠翠,波光莹莹,风光旖旎;四周一幢幢新颖别致的农家小楼,街贯巷连,整齐排列,相映成趣,展现一幅幽雅宁静又充满生机的水乡图画。

从古镇街巷出来,漫步在沿马路边,两三家经营日用品的便利店散落其间,店内顾客稀少,显得空荡和冷清。据当地村民介绍,这里仍保留着附近村民自发性的"早市"在这个有名无实的集镇上。他们跟我说:"要是在早晨,有不少当地村民用扁担挑着或用车推着自家种的农副产品在这里交易,品种繁多,人来人往,非常热闹。来这里做生意的大都是熟悉的乡里乡亲老主顾,他们在边谈边笑中就达成了默契,成交了买卖。"听了他们的讲述,让我感受到那带着泥土和露水的果蔬、温馨的气氛,陶醉在那散发着乡村气息和水乡味道的其乐融融之中。

当来到溆村镇南侧，便是一处综合文体活动场所，有老年活动室、棋牌室、图书室、乡贤馆、饭庄等，还有一个颇具规模，占地130亩的生态公园。这里有景观河、清水平台、亭阁、假山，园内种植各种植物花草和树木，幽幽的小径梦一样的宁静，吸引着众多的鸟儿成为这里的栖息常客，它们时而在树丛上空展翅盘旋，时而在高高的枝头嬉戏啼鸣，观之，心情亦随之轻松愉悦。夏天的云朵悠闲地倚在天边，那盈盈的一池碧水，有时静静的，温情脉脉；有时微波荡漾，动人心弦。此时，又见河对岸那一片合欢花开得如云霞一般，蓝天、白云、绿树、繁花、飞鸟，倒影翩跹，令人醉于树林水韵之间，真是留住乡愁和放飞心情的好地方。

离开溆村镇旧址，透过车窗望去，眼前的那条小漾河，碧波荡漾，恰似一条绿色绸带，飘向远方。坐落在河畔的村庄，层层叠叠的白墙黛瓦与碧空白云遥相呼应，如此夺目的光彩，宛如母亲河衣襟前的一方丝帕，清丽优雅，婉约动人。相信不远的将来，在世界级生态岛和美丽乡村的建设中，这里的村落、庭院、小溪、一草一木都将飘荡起铿锵的音符，展示更多值得回味和留恋的靓丽风情。

寻访溆村镇旧址，其景其情，恍惚梦境，一股暖流涌动在心头……

仙鹤沟旧址遐想

仙鹤沟,位于家乡崇明岛五滧镇东北面,米行镇西南约 1 公里处。这里芦苇泱泱,人影稀少。早在孩提时常听大人们讲那仙鹤沟里有鹤仙、鹤神、鹤精、鹤王等种种神话传说和故事,颇带有神奇色彩。

长大后,我曾多次走过仙鹤沟,或驻足俯视若有所思,或匆匆而过无暇顾及。那时候,我路过仙鹤沟,大都是在赶早集时,凌晨三四点钟,天还没亮,一弯明月挂在天边,如水的月光倾泻而下。天空繁星点点,仙鹤沟在温情脉脉的月色里,总有一种神秘回荡在那里,让人迷醉,让人迷惑,让人柔情百结而生淡淡的忧伤,久久地在我心底萦绕,挥之不去。

近日,读了崇明档案馆徐兵先生编著的《崇明老地名文化》一书和查阅了有关资料后得知,五滧米行镇西南面有仙鹤沟,滧村镇西面,现堡镇东南方向还留有两只仙鹤脚印。

旧时崇明岛的风土习俗,岛上居民在选择宅基地造新屋或选择墓地造墓穴时(乡间称,宅地为阳宅,墓地为阴宅),都要请当地的风水先生测相选址,待选址确定后,再选择良辰吉日开工建造。仙鹤沟和仙鹤脚就是被风水先生相好为人杰地灵的风水宝地。

开挖宅沟、坟沟的另一个用意是,把宅沟或坟沟里挖出的泥土用以筑高宅基墩、墓基墩,加上宅沟或坟沟连接民沟,便于排水,当潮水和雨水侵袭时,对屋里或坟里进水能起到疏通作用。

"入土为安"是中国的传统观念,在崇明岛上,人死后土葬的习俗,一直延续到20世纪70年代末。相传,当时米行镇上一个倪姓大粮户,拥有很多土地和钱,让风水先生选一块好地作为祖坟坟址,造好墓穴,在坟地四周种植松柏,并开挖出一条宽宽窄窄、弯弯曲曲,长100多米,宽约15米,头和尾尖尖的,东西向的坟沟。举目望去,宛如一只身姿矫健、展翅腾飞的仙鹤,鹤头向东,鹤尾朝西,昂首挺立,风姿勃发,两头各靠民沟,成为闭塞寂寞的海岛乡村一道风景。松柏和仙鹤都是吉祥的象征,寓意"松鹤延年""世代平安""增福添寿",仙鹤沟由此得名,并流传至今。

"鹤沟"是鹤的巢,也就是鹤的栖息地。中国古人称:"鹤,阳鸟也,而游于阴,行必依洲者,止不集林木",于是被叫作"仙禽"。据说,它们在160岁时,雄鹤与雌鹤互相对视,雌鹤就怀孕了,再过1 000年,就胎生了小鹤,于是鹤也被叫作"胎禽"。也许就是有了鹤的种种传说,鹤在中华文化上有特殊的地位,它是长寿的象征,是高雅的典范。在明清时期的官服中,只有一品文官才有资格在服装中绣仙鹤,使用仙鹤补子。

风水宝地,有如神助。据史料显示,那时候,仙鹤沟和仙鹤脚一带地区,在崇明的历史上声名鹊起,地位聚升,涌现出了许多人文故事,如教师、医生、实业家、企业家等等。商贾云集,人才荟萃,教育发达,文化兴盛,彰显着这两个地区文化底蕴的深厚和先人的智慧,以及能工巧匠们的辉煌过往,更是催生了该地区经济、社会的发展和进步,"仙鹤"似给一幅幅家乡的美丽画卷增添了灵气。

历史的一草一木,民族的一经一纬,都因那里的传统文化而风姿绰约、仪态万千。多少年来,崇明岛上的宅沟、坟沟刻画的是崇明历史变革的一个烙印,聚焦的是崇明百姓生活习俗的一个缩印,沉淀的是一个不可复制的崇明岛历史的意蕴,承载的是崇明百姓的一片厚爱和深情,向后人昭示的是曾经的芬芳与灵秀,留下的是弥足珍贵的文化遗产。

冬日的一天,迎着飘飘洒洒的雨雪,在米行村书记和主任的陪同下,来到阔别了半个世纪的仙鹤沟旧址。昔日的那条仙鹤沟早已填为平地,只剩约 20 米的"鹤头"部位还在,四周花木环植,绿树掩映,沟内一汪碧水,倒影婆娑,芦苇摇曳,银装素裹,一派古朴幽静的生态仙境。虽不见完整的仙鹤沟踪影,坐落在堡镇东的仙鹤脚更是物非人非,但仙鹤的神韵和灵魂仍在。如今仙鹤沟的倪氏后代和仙鹤脚的张氏后代人才辈出,事业有成。仙鹤沟和仙鹤脚地区积淀着深厚的历史文化,保持着良好的道德文明,蕴藏着传统的民风和社会风气,仙鹤的身影和那妖娆的风姿依然驻在人们心间……

离开仙鹤沟旧址时,纷纷扬扬的雨雪越下越大。在这白茫茫的雨雪笼罩里,回首望着远去的那条仙鹤沟,顿生历史感慨,让我浮想联翩。蓦然间,漫天飞雪里的仙鹤沟,犹如无数玉色蝴蝶飘荡的童话世界,眼前仿佛飘来仙鹤翩翩飞舞的身影,耳边隐约传来仙鹤优美动听的鸣叫声……

　　仙鹤沟,静静地泊在时光里,泊在乡野里,感知四时,感知江河,感知风月;仙鹤沟沿着历史的脚步,把昨天与今天,美梦与现实汇成一体,成为崇明生态岛历史文化的一个亮点,永存故里。

劳心共济旗杆宅

　　千百年来,古老的江海文明,神秘的风雨波涛,浓郁的海岛风情,秀美的田园风光,造就了崇明岛深厚的历史底蕴和独特的自然生态。

　　旗杆宅,当地人称之为"老旗杆",位于崇明堡镇南海村,砂锅港西。宅前有旗杆一对,因而得名。更令人称道的是宅主张氏家族"劳心共济"的精神境界。

　　张圣授(1652—1717),字受一,号慎斋,秀才,"高材积学"。构筑"小隐"书斋,亲自教育子女,培养成材。康熙四十八年(1709)岛上遭受潮灾,尽力赈济,苏州知府陈鹏年赠予"劳心共济"匾额。康熙五十五年,知县史弘坦推荐其为乡饮宾,赠予"敦伦睦里"匾额。

　　张圣授之子张济(1691—1756),字士阶,号介夫。在父亲的教育培养下,年轻时即在黉序中著称,营建别墅于苏州篁村,文章更加老到。雍正十年(1732)中顺天举人。乾隆二年(1737)考取内阁中书,任协办侍读。大学士史贻直、刑部侍郎励宗万都为他向上推荐。后因病告归,在南堡镇辟新宅,又在南堡镇东"仙鹤脚"(相传,五滧米行镇西南有仙鹤沟,两只仙鹤脚在南堡镇东)筑"东皋书屋",叠石种树,面势轩豁,浏览往返于三宅(三宅指堡镇南海村老宅,堡镇棉纺厂附近和堡镇纱厂东仙鹤脚两处新宅)之间。县内有事,往往咨询他。乾隆二十年(1755),崇明遭受严重灾荒,他发起了扶贫帮困救灾之举,负责在八滧设一粥厂,自冬迄春,救济灾民,共渡难关。

张济之子张附凤,字汇翘,号栖岩,崇明堡镇(今堡镇光明桥)人。子承父业,自幼受家庭的熏陶,养成了吃苦耐劳,求实肯干和好学上进的品格。乾隆十七年(1752)中顺天举人,历任内阁中书、起居注协办侍读、代理云南永昌知府。乾隆五十二年(1787)为崇明北堡镇沈伯英宅墙门题书"肯堂肯构",今存。

张济另一子张起凤,字鹍臣,号东皋,清崇明堡镇鹤溪(今堡镇堡港村)人。国学生,当年家乡遭受水灾,危难之时,曾慷慨解囊,捐钱千万,尽力赈济,救活灾民无数。他还擅长书法,喜爱吟诗,著有《品芳斋集》。

张圣教(1666—1714),字定符,号敬斋,张圣授之弟,崇明堡镇五滧(今堡镇南海村)人。生于康熙五年四月初八(1666年5月11日)。康熙四十一年(1702)中举人,后又考取内阁中书。谱称"三试礼闱,得而复失"。康熙五十三年六月十七日(1714年7月28日)病逝。

张氏后裔张天翼(1896—1955),名体元,乳名孟全,董松岚弟子,名中医张暖村嫡孙,崇明堡镇鹤溪人。性慧强记,性情耿介。师范毕业后,任教震东小学,兼阅医书,大有长进。因诊务日忙,于是弃教就医。中年以后,信誉鹊起,任大通纱厂中医,设门诊于南堡镇张氏新宅,求诊者不远数十里而来,成为家喻户晓的当地名医,号称"张一广"(崇明方言中"广"含意"摸",指帮人搭脉经其一摸,手到病除)。所著《觉庐医话》,王清穆作序,书未印行。另著《齿龈证治》一书,1932年8月上海国医书局印行,列入"国医小丛书之三十七"。暇则挥毫画兰竹,寥寥几笔,别具风格。1954年,漫游北京,归后不久,病故于家。

当地上了年纪的人还清楚地记得,旧时的旗杆宅,每逢新春佳节,都要进行升旗仪式,并插彩旗,几十根旗杆高耸挺立,几十面彩旗迎风招展,从旗杆宅一直竖立到宅南面的江岸边,以弘扬张氏家族"劳心共济"精神。附近百姓齐聚,场面十分壮观。

近日,走访原居住在旗杆宅的张氏宗人张廷之(第六代)张国模(第七代)。据他们回忆,旧时的旗杆宅为江南水乡浓郁传统建筑风格的坐北朝南向两个砖木结构,三进二庭院的鸳鸯宅,白色粉墙面,硬山顶小青瓦屋面,木门窗,木立柱,雕梁画栋,古朴典雅。宅院前堂有双墙门(即里外墙门),入内分别有两个院子连接前厅、中厅和后厅,两侧为厢房,中厅正屋为七路头拔廊,厢房为五路头。充分体现了当时崇明岛上一个大户人家几代人的居住和生活情景。此外,旗杆宅的四周环绕护宅沟。曾听长辈们说,旧时宅前的道路两旁种有数十棵法国梧桐树,浓荫匝地,十分高大,官宦富商来宅时,马匹就拴在这梧桐树下。宅院外西侧有一口古井,上端所置护井围栏为玉石材料,直到 20 世纪 60 年代初被毁。那块"劳心共济"的赠匾也在那个年代流失。几十棵法国梧桐树也早已被全部砍掉。

如今的旗杆宅已物非人非,让人有说不出的失落和伤感。该宅院自 20 世纪 80 年代起,几经搬迁和拆除,至 90 年初已全部拆掉,现被一幢幢别致的农家小楼所替代。在这里,唯有那条在旗杆宅前透着柔柔韵味的迤逦砂锅港依旧清澈神秘,静静流淌着,还有那旗杆宅的地名和"劳心共济"动人的故事依然流芳人间,故事中的传统美德根植在这片土地上,深深地扎根在人们的心中。

秋风送爽,心旷神怡。眼前的旗杆宅故里宁静而安详,端庄而厚重。徜徉在古宅的历史长河里,寻访那旧时光的点点滴滴,让人感慨万千。愿这个充满历史文化积淀的"劳心共济"精神在新时期得到延续和传承,愿一代又一代人在这里感受到精神文化的无比魅力。

访高氏贞节牌坊

　　高氏贞节牌坊,位于崇明堡镇正大街 148 号,建于清乾隆年间,迄今已有近 300 年历史,为临街坐西朝东,四柱三间三层格局,楼阁式,花岗石料。它是一座完全被嵌到房子里面的牌坊,成为房子墙面的一部分。它的主柱也成了房子的支架,具有一种巧妙的建筑风格和独特的稀有装饰。据《崇明县志》卷十七(人物志三·贞节·历代旌表贞节):"高氏·陈平策妻……乾隆三年题旌。"另据嘉庆《大清一统志·太仓直隶州》"黄天一妻沈氏"条目:"陈平策妻高氏……俱乾隆年间旌。"崇明《陈氏宗谱》记载:"四支、舜道分",迁崇第 14 世"平策,谏章,高氏守节,入志建坊"。陈平策系明代崇明籍书画家陈嘉言(可彰)玄孙。如今的古牌坊,坚硬的花岗岩表面已有些风化,因此更显历史沧桑,并吸引着众多游客前来寻幽怀古。2017 年 3 月,此牌坊被上海市崇明区列为不可移动的文物。

　　初夏的一天,沿着堡镇老街来到这里,一眼望去,高氏贞节牌坊高高耸立,坚实挺拔,质朴恢宏,古意沧桑。由于饱经风雨,年久失修,这里除了原先镶在最高处的旌表匾还保留着,坊额刻有"皇庆旌表"和陈平策之妻高氏之坊二匾,能隐约可见,下面两块石坊上的文字模糊不清,难以辨认。但是花纹却十分完整,看得出有双龙抢球,还有狮子玩绣球之类,造型凝练,刀法流畅,线条明快,精巧雅致,形象逼真,惟妙惟肖,充分显示了古代石匠深湛的技艺。牌坊布局严谨,清幽雅静,然而,在底层的墙面上开了一扇窗,木头的窗框和牌坊组合在一起,有种后现代的效果。如把古牌坊和牌坊里发生的故事串联起来,自然有了历史时空的沧桑感。

贞节牌坊,是封建社会遗留下来的历史产物,其中宣传的"男尊女卑"和"夫为妻纲"的思想观念,应批判和摈弃。

走出牌坊,回首望去,牌坊傲然挺立,巍峨壮观,与沿街一片风姿绰约的老街建筑融为一体,不由顿生历史感慨,让人浮想联翩……

故乡樱花最鲜艳

　　一个风和日丽的春日,来到家乡崇明,沿途扑入视野的是一派清新的原野风光,只见河沟纵横,波光粼粼,河面上缥缈的水汽泛着淡淡的绿光,烟波荡漾,意境悠远;那路旁成片的绿树嫩叶和河沟沿的一丛丛芦苇编织的青纱帐,郁郁葱葱;一望无际的农田里,麦苗青青,油菜花盛开,一派春光明媚,生机盎然。整个海岛就像一座绿色迷宫,凸显"生态、自然、野趣"之美。

　　位于崇明东部地区中心镇北兴村绿友路的"崇明生态樱花园",展现在人们眼前的是那一片片琳琅满目的樱花千姿百态,那漫田遍野开满枝头的花朵,团团簇簇,举目远望,荡漾的绿叶映衬着的粉色樱花,泼红嵌绿,宛若浮起的彩云倒映在碧波里,相映成趣,蔚为壮观。走近细看,那朵朵盛开的樱花簇拥在一起,密密层层,重重叠叠,缀满枝头,热情奔放,争奇斗艳,似雪花飞舞,如繁星闪烁,满目芳菲。轻风拂过,翩翩花瓣如蝶飞舞,瞬间就在地面上堆积起一层厚厚的落英,不时地飘来一股股清香,沁人心脾,怡情养性。一小簇一小簇翠微的绿叶在枝头随风招摇着,像蓬勃的生命在跳跃,赏心悦目,美不胜收,尽情感受那樱花朵朵醉春风的浪漫情怀。

漫步花丛,尽情观赏,无比惬意。在樱花园,可看的又不仅仅是花,这里一条如带蜿蜒的小河,水清岸秀,生机盎然,带着泥土的芳香,在林间盘旋流淌着,没有波浪,平平静静,明明亮亮,经过土坡、树林,流向远方。小河里的游鱼在水草丛中来回游着,仿佛在向人们夸耀着这里环境的优美。

驻足抬头,只见几只鸟儿在林间飞舞着,互相追逐戏耍,它们时而从枝叶间飞到溪边,钻进芦苇深处;时而又叽叽喳喳地唱着美妙的歌声飞出苇丛,登上樱花树的枝头,好奇地瞅着远方而来赏花的陌生游客,似在欢迎人类朋友到这里参观做客。置身其间,好似来到"夹岸数百步,中无杂树,芳草鲜美,落英缤纷"的世外桃源。

崇明生态樱花园面积为 500 亩,樱花数量高达四万株,是上海最具规模的樱花园之一。这里的樱花种类繁多,有垂枝早樱、大刀樱、关山樱、江浙晚樱、福建山樱等 30 多个品种,也存有早樱与晚樱之别,以及花期与色彩的不同。但由于崇明地处江海沙地,和空气清新、水土肥沃的特殊生态环境,加之独具匠心的设计和合理布局,生长在这里的樱花具有花朵大,花瓣厚,花色艳和花季长以及抗逆性强和成活率高等特点,花期从早樱 3 月上旬起至晚樱 4 月末,持续 1 个多月,要比生长在上海其他地区的观赏期长 7—10 天。有民谚说:"樱花七日。"就是说一朵樱花从开放到凋谢大约为 7 天。然而生长在崇明的樱花由于得天独厚的条件，花期可长达 10 天左右。花色有雪白色、粉红色以及大红色，晶莹似美玉。还未等早樱花落尽，那晚樱已迫不及待地在明媚春光下含苞欲放，生机勃发，纷纷登场，喜迎客人的到来。

樱花娇媚艳丽，如凝胭脂，带来如火如荼的春色，带来满树满枝的喜气；樱花柔润清雅，恬淡素净，带来铺天盖地的花韵，带来温馨漫情的芳影。樱花美而不俗，清韵优雅，点燃了春的希望，散发着春的激情，成为春天里最绚烂的一片云霞。

夕阳西下，彩霞满天。当车缓缓离开樱花园，回头望去，那片一望无际盛开在家乡的樱花，生机盎然、灿烂炫目，犹如从田野飘来的一朵彩云，与蓝天碧水绿野以及乡亲们田间劳作的身影和农家屋舍升起的袅袅炊烟组合成了一幅人与自然和谐相处的绝美画卷。

浮香绕岸荷博园

　　崇明岛上绿华镇,有个荷花博物馆,占地面积达 560 余亩,品种包括:观赏莲、香莲、菜莲等多达 350 余个。还有来自太空培育的"太空莲",以及辽宁移栽过来的"古代莲"等珍稀品种。盛夏的一天,我避开热浪来到这里赏荷,享受着天蓝、云白、水清、荷花艳的特色美景。

　　放眼望去,荷花塘里,绿叶田田,像一把把撑开的绿伞,或漂浮于水面,或高探于碧波,仿佛层层绿浪,又似片片翠玉,把一塘碧水荡漾得凉凉的、绿绿的……还有那一朵朵妖艳欲滴的荷花,像高洁的仙女,袒露在明媚的阳光下,带着圣洁的微笑,亭亭玉立于荷叶之上,摇曳于缕缕清风之中,煞是诱人。

　　行走在园内的木栈道上,犹如漫步于荷花丛中,密密匝匝,宽宽大大的荷叶盖满了整个荷塘,翠盖红裳扑面涌来,一幅美不胜收的天然画卷渐次铺展,仿佛进入一个梦幻的世界,让人感到目眩身转,清凉惬意。那雪白、粉红色苞蕾欲放的荷花箭含情脉脉,充满期待;缤纷的荷花风姿绰约,热情绽放。四周浓郁芬芳的清香,随着百褶裙似的涟漪,徐徐飘来,沁人心脾。三三两两的小鱼儿浮上水面,绕着莲花啄着涟漪上的波光在梦呓。近距离欣赏万千荷姿,品味"浮香绕曲岸,圆影覆华池"的荷韵,顿觉神清气爽,浑身舒坦。

按照常规,莲花一般都是七叶一花,但这太空莲却是一叶一花,并具有花多、花期长、莲蓬大、结实率高、颗粒大、品质优等特点,亩产莲蓬可达 6 000 多个。我真为此而欣喜,愿搭乘过神舟飞船的莲籽,带给家乡新的梦想,新的奇迹。此外,这里还有从台湾引进的四季开花,既可观赏又可食用,且具有较高药用价值的香睡莲等品种。莲子全身是宝。莲藕在清朝咸丰年间就被钦定为御膳贡品。莲藕的药用功效也十分可观,相传南宋孝宗曾患痢疾,就是用鲜藕汁以热酒冲服治好的。李时珍在《本草纲目》中称藕为"灵根",味甘,性寒,无毒,视为祛淤生津之佳品。另外,莲芯是白莲中间的绿色胚芽,有祛火清凉解毒、降血压等作用,莲藕可生吃也可熟食,生吃能清热润肺,凉血行淤,熟吃可健脾开胃,有止泻固精之功效。

除了赏荷,这里还是一座集莲子生产加工、良种繁殖、科普教育为一体的科技博览园。游客在这里可以品尝到用莲藕烹饪的各种小吃,像新鲜莲蓬、新鲜莲藕、速冻藕片、荷叶保健茶、藕粉、藕汁和藕带等,都是别的地方少见的美食。

清风吹来荷花香,碧波含情水荡漾。走进崇明荷花博物馆,就走进了浓得化不开的绿意,走进了典雅脱俗的古诗词——步步皆是景,处处可入画,荷博馆实在让人着迷。时下正是盛夏荷花次第绽开的季节,也是荷花博览园一年中最值得观赏的时候,久居城市纷杂之地的人们,不妨周末来此一爽,以解城中炎热的溽气。

崇明俗语妙养生

　　崇明，是"中国长寿之乡"，也是中国第一个"长寿之岛"。纵观长寿之乡的长寿秘诀，除了优越的地理环境之外，还取决于人们在日常生活中积累起来的生活习惯和生活规律。其中，方言俗语中蕴涵着丰富的养生文化内涵。本文从众多的俗语中选择几例予以剖析，将值得倡导和借鉴之处奉献给读者。

　　"早起早睡身体好，晚睡晚起伤身体。"即天一亮就要起床干活，天一黑要睡觉休息。由于白天田间劳作辛苦，晚上就要有充足的时间休息，以使白天干活时能有充沛的体力，久而久之，岛上居民养成了早起早睡的好习惯。因此，往往经常晚睡晚起的人，白天将会没精打采，萎靡不振，有损健康。而早起早睡的人，精力充沛，精神振作，有益健康。

　　"要争气，少生气。"人生有顺境也有逆境，不可能处处是顺境；人生有巅峰也有低谷，不可能时时是巅峰。面对逆境和低谷时，如果只一味抱怨、生气，那么你注定永远是弱者；只有保持心存善良,心胸宽容,心境乐观,心态平和,那么,心里就开心,心情就舒畅,有益于保持豁达乐观和积极的人生态度。

"不挑过头担,不说过头话。"意为挑过头担会伤身,说过头话会伤情。也就是说,所挑担的重量不超过本人的体重,否则会伤身。其次,说话办事要诚实,做老实人,办老实事。要一步一个脚印,脚踏实地,量力而行。要心胸开阔,不迁怒,不怨怼,乐观自信。这样,自然对身体健康不无裨益。

"趁趁依势。"即凡事要心态平一点,心胸宽一点,要相互谅解一点,谦让一点,宽容一点,学会放下,懂得珍惜。要具有低调务实、能忍自安的良好心态和坦荡的心胸,只有这样,就能保持乐观的阳光心态。要做到顺其自然,知足常乐,有益身心健康。

"天天忙,永不老。""只有懒人,没有懒地。"生命在于运动。即人要勤快,要养成勤劳的习惯,有利于锻炼筋骨,舒经活血。由此可见,通过勤奋劳作,既能炼出一身好体魄,又能保持健康、活力,对养生健体不无好处。

"多笑笑,莫烦恼。"说的是,保持乐观心态,减少烦恼,有益于健康长寿。正如网上流行的一则短信所说的,一日三笑人生难老,一日三恼不老也老;遇怒不要恼,遇难莫急躁,常乐常笑,益寿之道;房宽地宽,不如心宽,知足者常乐,善笑者长寿。此谓人生之道,值得称道,值得身体力行。

"笃悠悠两石九,急吼吼三石缺一斗。"这句话也正如我国著名的武侠小说作者金庸所说的那样,"万事不强求,能有所作为当然好,不能也没有关系,重要的是寻求内心的闲适,要自己获得满足"。这样,无论做什么事情,能拥有一份美丽心情,都会令自己的生活变得轻松,达到保持健康心态的目的。

"食饥伤饱",指过分的饥饿或吃得太饱对身体不利。这说明,旧时吃不饱肚子,造成营养不良伤了身体,是由于那时国家贫穷落后,条件不允许造成的。如今,随着时代发展,国家富裕了,人们生活水平提高了,但也要养成良好的饮食习惯,贪吃造成吃得太多、太好,以至营养过剩,同样有害身体。以"食饥伤饱"来节制生活的奢侈和物欲的贪婪,是养生保健的一剂良方。

可见,这些充满养生哲理的俗语,是一种好的习惯,好的养成,好的心态,好的情绪,对养生定会起到有益作用,更是一笔宝贵的养生文化资源,要不断地加以挖掘、探索,使之弘扬光大。

古法绝活棕榈笔

有着1 000多年历史的"灶花",是在改革开放前崇明家家户户的主要烧饭用具灶头上的图画,是崇明古老的草根文化,如今已是上海市非物质文化遗产。

然而,画"灶花"用的绘画工具却是泥匠们土制的特殊画笔。最具代表性的是"棕榈笔"和"棉花笔"。泥匠师傅在墙上作画,如果用写字的毛笔去画,画出来的线条太软,勾不挺;如果画梅花,线条就圈不圆。但棕榈笔的木纤维是硬的,悬空后画线条有力度。泥工用棉花蘸墨后画梅花,这与中国画的没骨法一样,既快又有造型。所以,崇明泥匠师傅的原始绘画工具可以画出想象不到的艺术效果,是崇明人"灶头画"中的精髓。

随着时代的发展,如今"灶头"已退出了人们生活的舞台,"灶头画"也在人们的视线中渐渐地消失,取而代之的是液化气灶、微波炉等现代化厨具设备进入千家万户。为了使这一传统的草根文化发扬光大,崇明瀛洲壁画艺术研究院的艺术家们,怀着对家乡传统文化的浓厚兴趣和情结,将崇明"灶头画"的原始绘画工具棕榈笔进行挖掘并生产,使之成为发展小型移动壁画特制的专用画笔。

制作棕榈笔,是一项选料考究,工序繁复而细致的技艺。制作前,先是将优质棕榈老根在水中浸泡,数日后捞起晾干,置于案板上用小木槌轻轻地反复敲打,这一过程是对棕榈纤维的再加工,使经络更细更小,直到发白为佳。这一工序需循环往复,常常需要边梳理边敲打成百上千次。随后,还要经过脱脂、蒸煮、理顺、清理、捆扎等多道工序才能完成。

壁画在人类历史的长河中,由于独特的绘画艺术和材质环境不可分割,存在年代久远,其艺术价值远远超出人们的想象。以敦煌壁画为例,其艺术价值表现在:一是"传神"艺术。因壁画采用众多绘画手法,达到了绘画艺术的最高境界"传神";二是色彩艺术。色彩在视觉上和效果上赋予了壁画更多的活力和真情实感,给人以强烈的视觉冲击;三是立体艺术。其艺术结构上有着极强的装饰性,给人一种既有立体感又严谨的审美效果。

好画离不开好笔。一支好的棕榈笔,只有达到圆润饱满,锋尖齐健的理想特性,才能在绘画时实现"万毫齐力"的效果。瀛洲壁画解脱了传统壁画带来的局限性,可用棕榈按需特制各种类型的画笔,根据业主的装饰需要和装饰风格、色彩搭配的喜好,绘画出一幅幅线条得体,鲜活生动,形象逼真,立体感强的图画,充分显示出棕榈笔壁画独特的绘画艺术风格。同时,由于其尺寸、图案、颜色及造型均可自由选择,瀛洲壁画并不局限于家庭

的某个位置,客厅、卧室、餐厅甚至卫生间都可以选择。瀛洲壁
画的传统绘画之笔——棕榈笔将通过时光的沉淀不断地传承
发扬,有着丰厚敦实底蕴的瀛洲壁画正朝着她的锁定目标迈向
更广阔的未来。

灶头画艺续新篇

崇明"灶头画"是崇明泥匠人的一门绘画艺术，也是崇明古老的民间草根文化之一，它表现于家家户户的灶头上，俗称"灶花"，迄今已有千年以上的历史，并被列入上海市非物质遗产名录。"灶花"在那个缺少文化气息的年代里，起到了追求文化艺术的原始作用。

人类文明的进步推动着艺术的自身不断变化，人类科学技术的不断发明创新也引领着艺术内涵产生新的表现形式。在当今人们进入现代化生活的环境下，灶头和灶头画已退出了人们的生活舞台。

随着时代的发展，为使"灶花"这一优秀的传统文化得以保护传承和发扬光大，2012年，在崇明本土艺术家们的创新下，将"灶头画"开发成"瀛洲壁画"，又称"移动壁画"，画材以建材石膏板为材料，画笔工具没变，仍是棕榈笔和棉花笔。同年，艺术家们成立了瀛洲壁画艺术研究院。

图腾是中国最早的绘画艺术,壁画起源于中国图腾,是人类历史上最早的绘画形式之一。现存史前绘画多为洞窟和摩崖壁画,距今已约 2 万年。中国的"敦煌壁画""永乐宫壁画""莫高窟壁画"等在世界上具有很高的声誉,可惜这些壁画不可移动,而且一幅大型的壁画从创作到绘制完工,往往历时数月到几年,工程浩大。

"瀛洲壁画"为崇明本土文化的发展注入了新的内涵,它的表现形式弥补了壁画艺术不可移动的缺陷。而且,规格大小自如,价格低廉,技法简便,可反复修改和填色,普及面广,适应男女老幼所有群体,特别是对初学者容易上手,深受人们的喜爱。2013年 5 月,"瀛洲壁画"获得了中华人民共和国国家知识产权局颁发的实用新型专利证书,并认定为"移动壁画"。

具有中国画、西方油画、卡通动漫等风格的"瀛洲壁画"题材广泛,构思新颖,内涵丰富,寓意深远。自 2012 年开发至今,在崇明岛上已有 2 000 多幅作品进社区、学校、企事业单位和农家乐旅游景点等。全区 18 个阳光心园的培训,遍及全岛 20 个乡镇及社区,参加绘画的人数达上千人。

如今,"瀛洲壁画"成为当地的文化旅游新宠。2016 年 5 月,在全区的助残节活动中,崇明美术馆举办"我行我秀、共享艺术"的瀛洲壁画美术作品展,展出作品 100 多幅,参与人员数百人,特别是全区各学校的美术教师上门指导"阳光心园"的学员,许多佳作得到参观者的赞赏。近年来,长兴小学绘制古诗精选 100 首壁画,作为校园的环境装饰。新海小学青少年绘制成成语故事 100

例壁画,并举办了画展和出版了图书。明珠小学绘制了熟读唐诗100首壁画。新海社区文化培训壁画学员,开展了"瀛洲壁画"艺术展览。同时,向化小学、老年大学、灶花堂、崇明人家、上海晓瀛艺术馆等单位,购置"瀛洲壁画"塑造艺术环境。在向化镇南江村路边树立了200多幅"瀛洲壁画",构建了千米长廊,以及堡镇农家乐的"民间故事"壁画展览,深受人们的赞叹。

"瀛洲壁画",它冠名为"瀛洲",意味其有着鲜明的地方特色,而在艺术形式上,也是独树一帜的。传统与现代,生活与艺术相结合,这是瀛洲壁画的创作之魂,更是瀛洲壁画的价值所在。"瀛洲壁画"题材丰富,风格多彩,艺术感人,必将成为助力崇明世界级生态岛建设和举办中国花博会展示家乡文化特色的一道靓丽的风景,让更多的人了解和认知瀛洲壁画,以使这一优秀的传统文化续写新的篇章,重新散发出生命的魅力。

我的堂叔郭秀士

　　郭秀士(1901—1963)(按家谱辈分的名)，又名郭蔚然(走上社会后的名)，字浑隺，别名胜钢，晚年别号万松。

　　1901 年 8 月 2 日郭秀士出生在位于崇明堡镇四潋村 11 队的郭家宅。该宅始建于 18 世纪末，到了 19 世纪初，建成为三进三场心的朝南向全封闭的四合院，占地面积约 1 800 平方米，30 多间砖瓦房屋，住着十几户人家，都是同姓同宗人。宅院的组成沿袭古法，讲究伦理，重视功能，砖木结构，古朴雅致，有象门、穿堂、家堂、前堂屋、后堂屋、正厢房、侧厢房、庭院等。宅院四周有宅沟相围，沟沿种有竹子、花木和果树，可谓浓荫蔽日，恬静幽雅，具有典型的江南水乡传统建筑风格。该宅院，自 20 世纪 70 年代末起，几经变迁，至 80 年代末，已全部拆除。

勤 奋 好 学

　　郭秀士的世居住房，在宅院里场心共三间，位于正屋西侧两

间正厢房和朝东厢房一间。我家住在郭秀士家的南隔壁两间朝
东厢房。我常听父亲及宅上的长辈们讲，郭秀士在这里度过了童
年、少年和部分青年时期。他天资聪慧，勤奋好学，与众不同，富
有想象力与独立思考能力，深受大家喜爱。郭秀士祖辈务农，兄
弟两人，他是老大，下有一个比他小三岁的弟弟。淳厚质朴的农
民家庭，使他自小养成了勤劳节俭的生活习惯和勤勉朴实的良好
品质。他不到八岁就进了私塾，熟读《百家姓》《千字文》《诗经》
等，汲取中国传统文化的精华。郭秀士智商超高，记忆力特强，凡
是老师教过的或是自己读过的书，都能过耳、过目不忘，以优异成
绩崭露头角，考入上海法科大学。据说当年在崇明岛上和他一起
考入该大学的只有三人，堡镇以东地区仅他一人，从而，郭秀士那
出众的文才和他的名字方圆几十里，远近闻名。以后，随着郭秀
士到京城工作，郭家宅也被人们称为官宅，这一称谓更是成为我
们整个家族的自豪。那时候，当有人问起："你家住哪里？""我家
住郭秀士宅。"说者，沾沾自喜；听者，投来羡慕的目光。那时候，
大人对上学的孩子进行教育时，也总是把刻苦学习的郭秀士作为
楷模或偶像，并激励着一代又一代人以其为榜样，踏实前行。族
里人受此传统影响，养成了老实诚恳，好学上进，守规矩，懂礼貌，
重品行，邻里间和睦相处的良好风尚。

　　除此之外，郭秀士还多才多艺，喜爱书法和吟咏，尤其擅长隶
书、篆书和甲骨文。工作之暇，与章太炎、李根源、张仲仁、徐谦等
名师一道研究书法，数十年如一日，从未间断，无不精通，自成风
格，有"江南才子"之称。1935 年 4 月 23 日，曾任江苏省省长的

韩国钧致郭秀士的亲笔复信中称其"书法朴实浑厚,已可为法"。抗战时期,他在重庆所作的周敬民盘铭甲骨文书法作品被收录到1989年版的《崇明县志》;他写过许多古体诗,有歌颂祖国大好河山的,有同友人来往间对世事的感慨诗作,抒发自己的爱国报国之情。近年来,有关部门从他的家人及友人处收集到的《鹤庐诗钞》中,其五言、七言28首诗文被收录进2017年版的《沈文镐诗选》中。睹诗思人,不胜唏嘘。拜读那通俗易懂,言情并茂的诗文,给人以教益和启迪。这些诗作也为家乡人民留下了一份宝贵的文化遗产。

记得1962年夏,郭秀士写给他弟弟郭秀元的几封家信,因郭秀元不识字,让我帮他代看,从而有幸目睹郭秀士的毛笔字和文采,虽字数不多,文笔简洁,但他那奔放从容、洒脱恣肆的毛笔字,以及富有诗意的文采,耐人寻味,至今让我记忆犹新,难以忘怀。

走 出 海 岛

20世纪初,学业有成后的郭秀士,满腔热血,带着憧憬,不负众望,只身一人,离乡背井,走出海岛,投身革命生涯。那时候,人民革命的浪潮风起云涌,如火如荼。生活在这一特定历史时期,同时在大革命浪潮影响下,他同情和支持爱国仁人志士的革命活动,掩护和营救过一大批革命志士,为中国人民的革命事业做出了积极贡献。

在上海法科大学求学期间,郭秀士结识了在该校任教务长的进步人士沈钧儒。在他的影响下,郭秀士于1933年1月参加了中国民权保障同盟,同年与蔡元培、林语堂、王造时、胡愈之、鲁迅、邹韬奋、周建人等16人出席了中国民权保障同盟上海分会召开的代表会议,投票选举宋庆龄、蔡元培、杨铨、林语堂、伊罗生、邹韬奋、胡愈之、鲁迅、陈彬苏等九人为执行委员,郭秀士、沈钧儒、张志让被选为法律委员。他"追求真理,坚定信仰",积极参加和营救因参加爱国运动而被国民党逮捕的各界爱国人士。当时中国共产党创始人之一的陈独秀在上海被捕后,他曾协同章士钊,担任义务辩护律师,挺力申诉、辩护,使国民党当局将陈释放。陈获释后,亲笔写信给郭秀士等表示感谢。

抗日战争时期,为求民族生存,不愿沦为亡国奴,全国各地掀起了抗日救亡运动的高潮。郭秀士怀着一颗赤诚的爱国之心,极力营救革命志士,大声疾呼要尊重人民的民主权利,反对滥捕无辜,并在上海先后出版了《法学随论》和《民法总则新论》两本法学著作,这在当时的时局下激起了强烈的反响。

抗战胜利后,国民党政府行政司法部宣布任命郭秀士为北平地方法院民庭庭长。为便于掩护、营救中共和民盟从事地下工作的同志,郭秀士与沈钧儒等商定,毅然辞去北平地方法院民庭庭长之职,并通过在司法部工作的早年在法科大学的校友,以及旧日的同事和挚友推荐、保举,改任国民政府首都南京高等法院民庭庭长,兼中央警官学校民法讲师。1948年秋离职去上海担任上海法学院民法教授。稍后,国民政府首都高等法院院长赵琛见郭秀士才敏过人,为壮实自己的羽翼,拟让郭秀士任司法部司长之职。郭秀士厌恶这种拉帮结派的官场恶习,同时为有利于掩护、营救地下党同志,毅然拒绝赵琛给予的显要之职,经过一番周旋,根据沈钧儒、史良(上海地下民盟负责人)的指示,于 1949 年春就任地处苏南政治中心的无锡地方法院院长。

无锡解放前夕,为维护社会治安,郭秀士积极地向当时无锡有名望的工商界著名人士宣传党的政策,以解除他们对党因不了解而产生的惶恐之情,并呼吁各界进步人士反对当时执政者滥捕无辜的暴行。他在 4 月 5 日的《无锡报》上发表了关于"司法机关的工作是神圣的,处理案件要正确,不冤枉人民,要尊重人民的自由,不要滥捕"等立场和观点鲜明的文章。在他的努力下,无锡解放前夕的社会秩序井然,监狱内关押的一百多名地下党和无辜人士在解放前夕全部释放,法院案卷于解放后的四天内全部移交清楚。郭秀士的爱国情怀,曾受到苏南人民行政公署的表扬。

无锡解放后,郭秀士参加了苏南司法干部研究班学习,任苏南人民行政公署政法研究员。同年 11 月任最高人民法院华北刑事审判庭审判员。嗣后,最高人民法院成立,沈钧儒任院长,郭秀士调任最高人民法院刑事审判长。1956 年 9 月参加中华人民共和国刑民诉讼法起草工作,为新中国的立法工作做出了重要贡献。

难 忘 故 土

20 世纪 40 年代初,郭秀士和弟弟郭秀元在老宅北约一里处,靠近横引河南侧,建造了一处新宅。朝东向四合院,正屋为五间,其中一间为堂屋,东西正厢房各两间,南北侧厢屋各三间。南半宅为弟弟郭秀元所有,北半宅为郭秀士所有。白色粉墙面,硬山顶小青瓦屋面,木门窗,木立柱,七路头回廊,雕梁画栋,圆石垫脚,条石阶沿,象门的门楣上有郭秀士亲笔书写的隶书"为善最乐"题词,题词上面有古人迎送砖雕,工艺精细,人物清晰,门楣下面是合扇头象门。宅院外有宅沟,四周种植树木花卉。该宅院的象门在"破四旧"时拆除,郭秀元的房屋则在20世纪80年代初拆除后改建成楼房。郭秀士的房屋至今还保存着,现为郭秀士之子郭树权夫妇居住。如今,该住宅虽饱经沧桑,但却依然仙风道骨,风韵犹存。岁暮来得太快,一晃往事已在烟尘中过去了半个多世纪,但郭秀士那四个丰满俊美遒劲的题词,以及那高大厚实的象门却深深地印记在我的脑海中。

自从郭秀士一家从老宅搬进新宅后,老宅先是由郭秀士的母亲居住,一直到了20世纪50年代末,其母亲过世后,先后借给生产队作仓库和住房有困难的人家。我家在60年代末至70年代初因住房有困难,也曾借住过。该房屋在80年代末拆除。

郭秀士自从新中国成立之初到了北京工作后,曾回过三次老家,每次回家仅三四天。前两次在建国初期,最后一次是1956年,我那年八岁,还能依稀记得当年他回家时的情景。他瘦高个子,身着朴素,乡音未改,没有一点官架子,走亲访友,平易近人,问长问短,谈笑风生。他十分关心孩子们的成长和进步,并给宅上的每个孩子送上笔记簿和毛笔,以勉励大家好好读书,长大成为国家有用之才。他还抽空到田间帮其家人干农活,而且心灵手巧,不管是松土、刨地、除草,熟练如初,不逊乡民。离别时,他与宅上人家——打招呼话别,全宅人依依不舍地将他送到宅前的横路口,他不时地回头和大家挥手告别。没有想到的是,这次离别竟成了永别。

1963 年 3 月 18 日,郭秀士因病在北京逝世,享年 63 岁。噩耗传来,亲友无不为之痛惜。随后不久,他的骨灰运回崇明,根据他生前"叶落归根"的遗愿,安葬在老宅北面、新宅东南的祖坟。按家乡习俗,安葬前,先要在灵堂里停放一年。于是,灵堂设在新宅的堂屋里。那年春节前夕,宅上的大伯郭秀清率领全宅的大人小孩到灵堂前磕头拜礼,于是,让我看到了骨灰盒上盖有两枚鲜红的印章,一枚是"中华人民共和国国务院",一枚是"中华人民共和国最高人民法院"。直到 70 年代末,因祖坟动迁,郭秀士的骨灰安放在崇明革命烈士公墓。

对于堂叔郭秀士,我虽只有亲见过一次,但通过长辈们的时常讲述,总让我感到无比自豪。我出生在这样一个有文化积淀的宅院里,并在堂叔郭秀士勤奋好学精神的启蒙和潜移默化的影响下,成为我追求梦想和信念的不懈动力。春日的一天,迎着暖阳,来到郭秀士故居,望着那挺拔的水杉、苍郁的香樟、翠绿的桂树、金黄的菜花,以及充满着古朴传统文化气息的宅院,不由得顿生历史的感慨,家园般的亲和感油然而生。斯人已去,声名永存,精神播扬!

附录: 郭 氏 家 谱

崇明人的祖辈素有耕读传家、缅怀祖德、追根溯源、编修家谱的风尚。我们家族的家谱在 20 世纪 60 年代初时家家都有。据父辈们讲,在 20 世纪 50 年代之前,几乎每隔二至三年都要作一次家谱的编修工作,编修家谱的人大都由乡里乡亲比较熟悉的,且具有一定文化的专业人士担任。那时候,修谱成为一种职业,或是上门修谱,或是族内长者主动邀请他们进行修谱。直到"文革"期间,家谱作为"四旧"销毁,从此,郭氏家谱没有留下任何资料。

现据上海图书馆等收藏的宣统元年、崇明新开河镇北五里敦睦堂藏板、郭秀山创编的《郭氏家谱》以及族人回忆和有关资料记载,获知从江苏常熟迁到崇明岛的郭姓,最早的祖先系唐代名将郭子仪的四子郭弘仁之子郭瑜(字景初)的后代,我辈系郭子仪的第 30 世(迁崇世祖郭瑜的第 28 世)后人。郭氏家谱内容为家史梗概、谱例、世系表,并记载着家族人口及分布的繁衍变化、人口迁移、婚姻状况、先人的高尚品德、族人须遵循的规矩等,较全面地反映出郭氏家族从外地迁居崇明的世系脉络,以及垦荒定居、勤劳致富、人才辈出的概貌。我们家族最后一次修谱是 1950 年春,现所列 16 代辈分"字"为:"良、承、显、廷、永、志、秀、士、希、世、英、杰、光、耀、中、华"。其中"希世英杰光耀中华"是堂叔郭秀岩在 70 年代作的补充。在旧时,孩子出生时有乳名,长大上学后按家谱取名。我辈为"士"字辈,因乡音"士"与"树"是同音,故将"士"写为"树",相互通用,一直延续至今。

然而,如今的家谱早已没了踪影,更谈不上修家谱,许多年轻人连自己的曾祖父、祖父的名字都叫不上来。从 20 世纪 60 年代后期出生的孩子也不再按家谱辈分取名,怎么新奇怎么起,怎么好听怎么起,造成辈分紊乱,长幼失序。那蕴意丰富,指涉广泛的郭氏家谱的失传,留下了不尽的遗憾。

早在 1957 年,毛泽东同志在成都召开的中共中央政治局扩大会议上曾说过:"搜集家谱、族谱加以研究,可以知道人类社会发展规律,也可以为人文地理、聚落地理提供宝贵的资料。"2016年 5 月 17 日,习近平同志在哲学社会科学工作座谈会上指出:"要加强中华优秀传统文化的挖掘和阐发,使中华民族最基本的文化基因与当代文化相适应、与现代社会相协调,把跨越时空、超越国界、富有永恒魅力、具有当代价值的文化精神弘扬起来。"

寻华夏之根,溯姓氏之源,这是每个华人的愿望;树民族之碑,立炎黄之传,是每个炎黄子孙的责任。一部家谱,是家族历史沧桑发展的过程,是为后人提供寻根溯源的依据,可以让祖先们的耕读传家、忠厚治家以及家族不断壮大兴盛,自强不息的精神发扬传承。对当下的我们而言,愿家谱这一优秀传统文化不断得以发扬光大,并将成为建设和谐之家、和谐之族,融入和谐社会,留给子孙后代一份寻根问祖,了解家族历史,传承发扬家族优良传统的精神财富。

以下家谱根据查阅有关资料和郭希仁走访族里人(仅四溦村地区和续写至 29 世)所整理提供,尚有不全和遗漏之处。

得姓始祖(一世)周灵王太子晋,字子乔。

五十四世郭子仪,唐御史、丞相。

迁崇始祖郭瑜、字景初(一世)。系郭子仪的四子郭弘仁之子。

一世 瑜

二世 云

三世 元泽（居姚家沙、东沙分）

　　　元海（居刘家沙、西沙分）

四世 球

五世 简

六世 导

七世 僖

八世 洪

九世 电

十世 安礼

十一世 守坚

十二世 孟宗 孟津 孟章

十三世 廷佩（孟宗之子）

十四世 仲章

十五世 朝惠

十六世 铁（后村）

十七世 光绍（慕村）

十八世 乘较

十九世 仪信

二十世 日智（居沙锅港正东外口）

二十一 世 良

二十二 世 承

二十三 世 显

二十四 世 廷

二十五 世 永

二十六 世 志

二十七 世 秀

二十八 世 士(树)

一、良元支(21 世)(郭秀士老宅族系)

良元(妻陆氏)—承富(妻陆氏)—显荣(妻樊氏)—廷宰(妻梅氏)—永山(妻龚氏)、永年(妻施氏)、永章(妻张氏)

永山—傅福(志辈)、志文(灿福)、志良(灿根)

傅福(妻倪氏)—云祺、秀士(蔚然)、秀元(玉祺)

云祺(妻沈氏)—无子女

秀士(妻黄氏)—树权—雅生

树男(领养)

秀元(妻张氏)—树泉—希康、希安、希藏、静兰

树永—希同、希林

树明—柳静、郭昆

品贤(幼时送人)—

志文(灿福、妻顾氏)—秀卿、秀岩(超然)

秀卿(妻沈氏)—树元—凤兰、希仁、希文、希涛、

树中—希胜

石甫(幼时送顾家)—玉兰、兰芳、德宏

秀岩(妻张氏)—树人—木兰、希元、柳兰

　　　　　　树华—希斌—希兰

　　　　　　怡民—

　　　　　　怡礼—

　　　　　　怡廉—

　　　　　　兰郎(幼时送人)

志良(灿根、妻胡氏)—秀松(春其)、秀江(龙其)、来顺(幼时送赵家)

　　　　秀松(妻张氏)—树贤—建琴

　　　　　　　　树清—建勋

　　　　　　　　树平—建超、美琴

　　　　　　　　惠珍(幼时送倪家)—顺发、友发、生发、明

　　　　　　　　　发、菊贤、静贤

　　　　　　　　树梅—柳贤

　　　　　　　　雅芳—菊华

　　　　秀江(妻顾氏)—树风—东仁、学仁、柳仁、美兰

　　　　　　　　树邦—建中、柳英

　　　　　　　　树君—郭斌、郭婷

　　　　　　　　来英—美贤、伟强、永强

　　　　来顺(妻龚氏)—永癸—小章、小容、赵苹

　　　　　　　　永法—赵达、赵岳

　　　　　　　　福珍—

　　　　　　　　玉珍—

永年—志成(其郎、妻樊氏)、志先(灿就、妻陆氏)

永章—志行(双全、妻倪氏)—秀钧(才郎、妻陶氏)

　　　　—士修—建海

　　　　士亨—红效

　　　　彩英—建中、美娟

　　　　莲英—春柳

二、分布在四溦村地区的族系

良元—承富—显荣—廷宰(郭秀士老宅族系)、廷由、廷爵、廷桢、廷柱

　　廷由—敖初、洪初

　　廷爵—永祚—志仁—富郎、龙生

　　　　　　富郎(秀辈)—其郎、喜郎

　　　　　　龙生(秀辈)—明郎

　　廷桢—瑞意、永良、永嘉、永善—安郎

　　廷柱—永丰(宏郎)、永川

　　　　　　永丰(宏郎)—志和、志善

　　　　　　志和—秀钟、秀法、秀林

　　　　　　志善—秀瑶、秀环

　　　　　　永川—志范、志元

　　　　　　志范—秀涛、秀刚、秀良

　　　　　　志元—秀皇、秀皋、秀泉

　　不详—宰明(无子女)、宰其(志辈)—秀学、秀华、黄才郎(名元庆,幼时送黄家)

秀学（初郎）—士铮、翠兰、翠芳、卫德

秀华—美珍、士坤、士贤、美琴

黄才郎—黄锦芳、黄惠芳、黄友东、黄秀芳、黄友康

良法—承连—显得—廷贵—永富（富郎）、枣郎（无子，领侄子时郎为子）

永富—志安（安郎）、志？（善郎）、志民（阿民）、志时（时郎）、
志仁（仁民）

志安—早逝

志？—秀铭—树森、树林、树祥

志民—秀春、秀顺

志时—秀阳—玲琍、杨林

志仁—无子女

志（不详）—江郎、山郎

江郎（秀辈）—正华

山郎（秀辈）—正声、正家

郭秀岩坎坷人生

　　郭秀岩是我的堂叔，辞世已整整 22 年了(他 1996 年故世)。今年适逢他 110 周年冥寿。以前,我们家的宅院是一座建于 18 世纪末的三进三场心朝南向全封闭的四合院,占地面积约 1 800 平方米,30 多间房屋,住着十几户人家,都是同姓同宗人。宅院的组成沿袭古法,讲究功能,砖木结构硬山顶小青瓦面,有象门、穿堂、家堂、前堂屋、后堂屋、正厢房、侧厢房、庭院等,宅院四周有宅沟相围,宅沟内养各种鱼虾,沟沿种有竹子、花木和果树,具有典型的江南水乡传统建筑风格。郭秀岩的家和我家同在一个宅院内,而且又是门对门,他家住东侧,是朝西的厢房,我家住西侧,是朝东的厢房,直至 20 世纪 80 年代因拆除而搬迁。

　　他青年时代就离开家乡在外地读书和工作,那时我还没出生。新中国成立前夕,我出生时,适逢他回老家,因而我的乳名"颂平"也是他给我取的,意为祝颂祖国和平昌盛。解放初期他曾回老家探亲过几次,我那时还小,故印象不深。70 年代,他回家过几次,但我当时正在部队服役,待有假期回崇明时,他已离去,因此一直没机会见上一面。直到 1983 年,郭秀岩已离休回家乡,我在探家时才与他见上一面,但时间匆促,没有机会与他细谈往事和经历。

1993 年,我转业回地方工作,分配在市区,虽见面次数不多,但每次回老家时,他总要和我谈起他的往事和曲折经历。如今时间虽已过去 20 多年,但他那和善的面目、爽朗的谈吐、乐观的心态,以及对社会上的不正之风和种种不良现象敢于直言,伸张正义的品格,却深深地烙在我的脑海中。

现根据郭秀岩侄孙郭希仁提供的资料及平时与他交谈中得知的点滴往事作一梳理,写成此稿,以记录他的人生经历和对社会所作出的贡献。

郭秀岩(1908—1996),曾用名郭超然。1908 年农历四月初四出生于上海崇明堡镇四滧村十一队郭家宅,祖辈务农,家境贫困。郭秀岩从 7 岁起就跟随父亲,下地干活,种粮种菜,聊以生计。

家乡崇明自古就有尊师重教、崇尚读书的良好传统。自年少懂事起郭秀岩就格外珍惜读书的机会,刻苦攻读,立志成才。他自幼聪颖,发愤读书,全家也尽力助他升学。1918 年至 1923 年,在上海崇明四滧初小及新五滧登瀛高小读书,都是以名列前茅的成绩至结业。随后,他孤身一人离开海岛,来到十里洋场的大上海,继续就学。1924 年至 1930 年在上海青年会中学读文科,并加入上海基督教青年会英文圣经班学习英语,随后入基督教,成

为耶稣基督教教徒。1930 年至 1933 年,在上海法学院法律系工
读。1934 年至 1935 年在上海国立暨南大学政治经济系工读。
当时,他如饥似渴地阅读了大量的有关书籍,并以优异成绩完成
学业。1936 年至 1937 年进入南京大学毕业生就业训导班。期
间,1936 年在南京大学时,由学校集体报名加入国民党组织。

学业有成、风华正茂的郭秀岩,怀着"读书救国、教育兴邦"的
信念和憧憬,投入教书育人生涯。1937 年初,经沈钧儒介绍,参
加上海市各团体救国联合会担任干事、秘书等职。1937 年 7 月,
在上海正行女子中学任英语教员、教导主任、秘书等职。该校校
长系沈钧儒,董事褚辅成,后因沈钧儒、褚辅成赴内地参加抗日,
委托施幼孚、郭秀岩等主持学校工作,并兼任华南中学校长,还兼
任律师和加入上海律师公会会员。在这期间因接办过上海海员
工会(共产党机关)委托办理的法律案件,受到英租界巡捕房的警
告,并勒令离沪,否则将引渡日军驻沪司令部惩办。无奈之下,他
只得被迫离沪,辗转于福建、厦门、江西、湖南、广西、贵州、四川,
后到达重庆。在离上海的时候,他以商人身份乘坐英商轮,前往
福建途中,曾遭到日本海军的扣押,并进行搜查,险些丧命。后由
于英商轮出面证明是商人,加上郭秀岩能讲流利的英语,才脱险。
历经千难险阻到达重庆后,经沈钧儒介绍在"战时社会事业人才
调剂协会"任干事。同时受时任上海法学院教务长沈钧儒之托,
协助他多次召开上海法学院重庆校友会,在这国难当头的时刻,
积极宣传抗日救亡运动。

1941 年,经暨南大学同学葛任远的介绍,担任国民党军事委

员会中校待遇科员,兼任粮食部督导室支部文书。1945 年 8 月 15 日,抗战胜利。8 月 29 日至 10 月 10 日,国共两党在重庆进行谈判时,郭秀岩参与了接待工作,并与周恩来相识。80 年代,邓颖超曾写信给郭秀岩,让其写谈判时的回忆录,但他因年事已高,体弱多病,未能如愿。重庆期间,他还结识了文学家、历史学家郭沫若,并成为好友,二人有时在一起喝茶聊天、斗酒叙诗,切磋艺文。郭秀岩在郭沫若的影响下,笔耕不辍,书法和作诗成为终身的业余爱好。郭秀岩国学功底深,旧体诗作和凝重有力的书法,颇具特色。

1945 年底,郭秀岩结束在重庆粮食储运局的工作,经熟人介绍,赴天津政府当编审,参与核阅伪天津政府所属各局、处室、区等单位的组织规程和其他的单行法规等。1948 年底,天津解放,郭秀岩留在天津市人民政府人事处工作,同时,办理了脱离国民党手续。

1949 年初,天津市人民政府保送郭秀岩到天津市干部学校学习,后该校合并于华北人民革命大学天津分校,在华大学习至同年 9 月初毕业。1949 年底至 1951 年 11 月,他被派往热河省工作,经热河文教厅考试,录取中学教员资格,分配到凌源中学任语文教员,至 1951 年底。

1951 年底至 1952 年 10 月,"肃反"期间,郭秀岩因曾经参加过国民党的历史问题,接受承德公安局侦讯达一年之久。其间,他的第二任妻子与之离婚,所生子女也随母改姓,远离他去,致使郭秀岩的身心受到极大的打击,加之当时身体也不太好,在极端痛苦中度日如年。

1952 年 10 月，郭秀岩被解除侦讯后，经热河省文教厅改派赤峰中学任历史教员兼班主任。1958 年调昭乌达盟工业学校任图书管理员至 1962 年。1962 年 6 月至 1969 年 10 月又调宁城八里罕中学任图书管理员。其间，他勤恳踏实工作，并积极配合校领导协助学校各类教研组供给学生各项课外参考读物和升学参考资料，同时，还积极帮助班主任借给学生大量青年修养以及其他品德修养书籍，指导学生阅读写心得，培养了不少品学兼优的青年学生。

1969 年 10 月至 1978 年，郭秀岩被下放到宁城"五七干校"进行学习、劳动，对参加国民党的历史问题和培养学生走"白专"道路的问题又一次接受审查。难道培养学生走又红又专的道路是错误吗？但他有口难辩，自己无话可说。此时他已疾病缠身，身心疲惫，内心深感无奈和悲哀。有幸的是，在"五七干校"期间，他结识了许多所谓的"走资派"和下放干部，他那淳朴、直爽和富有侠义心肠的性格，深得大家的同情，并从相识、相知，成为挚友，成为莫逆和无话不谈的忘年交。患难之际，大家互相信任，互相关照，互相安慰，互相鼓励，共度时光。以使他重新振作起精神，鼓起了生活的勇气，更坚定了自己的理想和信念。

1978 年，长达 10 年之久的审查总算结束，他的历史问题得以澄清，强加于他的"臭老九"走"白专"道路等不实之词予以平反，并恢复了他的一切待遇和工作。他继续担任八里罕中学图书管理员，随后还担任干校图书管理员，并推选为宁城县政协常委至 1983 年离休。

在工作之余，郭秀岩喜爱读书、书法、记日记和作诗。在我的记忆里，他每次回崇明时，都要将藏书和书画等进行翻晒，200 多平方米的庭院，放在帘子上，铺得满满的。然而，可惜的是，在"肃反"和"文革"期间，他所有的日记、作品以及一大批珍贵的藏书和书画等均作为"反动材料"全部被当时的组织查封和销毁。

郭秀岩出生在崇明岛，在那里度过了童年、少年和部分青年时期，对家乡这片土地有着深厚的情结。每逢回崇明探亲，他总是到处走走看看，并写下诗作，字里行间以表达对故乡的热爱之情。沧桑岁月，历经坎坷，晚年的郭秀岩，心向家乡，落叶归根。1983 年，离休后的郭秀岩回崇明老家养老，并与第一任妻子安度晚年生活。谁知天有不测风云，不久他的妻子因病亡故。受到再次打击的他，好在得到大儿子一家的精心照料，远在他乡的外地子女们也常来看望，使他的晚年生活过得幸福舒心。晚年他养成了早起早睡和素食的习惯，平时还为乡民做些取送信报等助人为乐的事，闲暇时光便静下心来，重拾旧爱，拿起手中的笔，以俚句的形式专心致志地书写和整理修改回忆录。往事如梦，每当人们提及他一生的坎坷经历时，他总是淡淡的一笑，跳过了这个话题："过去的，就让它过去吧。"就这样，他始终保持着乐观的心态，使他的晚年生活平静而有规律，无比舒畅，悠然自得，充实多彩。

1996 年 1 月 5 日（农历十一月十五），郭秀岩在家中无疾而终，享年 88 岁，他的骨灰被安放在崇明革命烈士公墓。

[附录] 郭秀岩诗

郭秀岩诗由郭秀岩侄孙郭希仁提供。该诗作于 1967 年,20世纪 80 年代又作修改,分五段:(1)简历,(2)家人,(3)交往,(4)趣旨,(5)勖后。诗的内容是作者经回忆撰写的一生经历。从这脍炙人口的诗文里,既反映了他悠悠岁月的坎坷人生,又浸润了他对故乡和亲人的无限眷恋,更是难以释怀的他与好友之间的深厚情谊。同时,他所作的诗文字句清新,韵律谐和,意境优美,读来朗朗爽口,不失为见证了社会发展的艰辛过程以及为历史文化的延续和传承留下的一份宝贵的财富。现摘录如下:

(一)简历:

一、家居崇明岛　　世代是务农

　　农家真辛苦　　无暑亦无冬

　　我幼随父母　　常在垄亩中

　　助耕与送饭　　不避雨与风

二、我父名善耕　　一生勤耕种

　　短褐与草须　　终年带笑容

　　我母名巧灵　　勤织又勤纺

　　前后生九胎　　只留我与兄

三、兄名叫秀清　　身强筋骨旺

　　边耕又边渔　　气力用无穷

　　行年近古稀　　挑活不避重

　　每遇我南回　　纵谈乐无穷

四、族中诸伯叔　　多数皆务农
　　终年勤耕耘　　农事有专攻
　　宅上妇女辈　　亦多勤劳动
　　环顾诸后昆　　能接农家统

五、回忆四岁时　　我家盖房栊
　　木匠赵千郎　　酗酒乱斧弄
　　碎我右食指　　手臂均浮肿
　　炎肿四十天　　影响右耳聋

六、八岁入私塾　　耳聋听不懂
　　嗣后转完小　　情况仍相同
　　听课凭体会　　苦楚难形容
　　及至成年后　　耳始渐复聪

七、十六进中学　　四年费苦功
　　二十毕业后　　工读在沪东
　　既是大学生　　又当教职工
　　辛勤五年多　　知识较前丰

八、开始教中学　　嗣并办女中
　　附设有完小　　兼收幼稚童
　　又办外文班　　选课凭所用
　　及至抗战起　　始辍弦歌诵

九、我是中国人　　不愿为人奴
　　兴亡有责任　　国危愿执弓
　　辗转万千里　　历尽烟雨风

前后七八年　　走遍西南峰

十、倭寇逞凶狂　　南北欲打通

　　西南半壁地　　如入无人踪

　　我恨当道者　　只退不反攻

　　敌机来袭击　　俯首敢直冲

十一、如能信民众　　合力去抵抗

　　　敌军沦汪洋　　岂能更逞凶

　　　失利又失谋　　误国后误众

　　　始终未醒悟　　笑被后人讽

十二、忆昔在渝时　　曾遇李纪堂（注）

　　　银髯如雪飘　　睛明内含光

　　　彼系爱国者　　建无曾有功

　　　互谈御侮事　　感慨一重重

十三、一日遇警报　　共躲防空洞

　　　洞对龙门浩　　两面均被轰

　　　我与李纪老　　相对话素衷

　　　出洞看群众　　惨状使人恸

十四、缺首与断腿　　血肉一片红

　　　有机不迎击　　有炮不射空

　　　平时徒吹嘘　　敌来却装蒙

　　　群情真愤急　　到处恨填胸

十五、不久称胜利　　争为复原忙

　　　接收成劫搜　　到处乱哄哄

　　　　　工厂不冒烟　　大员不办公

　　　　　昙花曾一现　　无怪一场空

十六、我是平庸者　　战后成飘蓬

　　　　　津市谋职务　　暂以维殄餮

　　　　　前后约两载　　庆我受解放

　　　　　保送入革大　　深感是优容

十七、革大毕业后　　派我到凌中

　　　　　五一遇镇反　　侦讯解离宫

　　　　　经年始结案　　复职改赤峰

　　　　　赤中任教员　　恢复原职俸

十八、荏苒六七年　　我已视朦胧

　　　　　五九调工校　　职务较轻松

　　　　　派我图书室　　我入新书业

　　　　　难得此机会　　由黄渐入红

十九、工校下马后　　我职有变动

　　　　　盟委教历史　　派我到罕中

　　　　　到后管图书　　已越三寒冬

　　　　　深感受照拂　　衷心乐无穷

二十、罕中在山区　　景色如江东

　　　　　不寒也不热　　物产较丰隆

　　　　　忆昔在赤峰　　入冬常浮肿

　　　　　自到此地后　　遇寒不怕冻

二十一、学子八百余　　内有女装红

诚笃又勤奋　　保持朴素风

校有果园地　　一色是青葱

每逢收成节　　鲜果满箩筐

二十二、教工五六十　　职务有专工

相互有帮助　　思想渐变红

我系苤人员　　岂敢能放松

红专各进步　　老幼共争雄

二十三、英雄出平庸　　先例有雷锋

人人可以学　　人人可成功

我是老年人　　我愿追上方

师生齐努力　　不难登顶峰

二十四、回忆此半生　　东西南北闯

闽滇蜀康蒙　　到处有我踵

我非浪荡人　　绝非乱奔冲

当年是抗日　　今日为民众

二十五、今年我五七　　喜我如乔松

今日我诞辰　　慰我有春容

登高四顾望　　我心乐融融

俯仰天地大　　我仍如婴童

注：李纪堂是赞助孙中山初期革命首义人，与洪全福齐名，建立民国有功，建元后就走，抗战时又来，胜利前已死。详见孙中山自写革命原起文第549页。

（二）家人：

一、童婴不是婴　　子女有六名

长子名树人　母孕七月生
幼年随慈祖　祖上似双亲
未冠即成婚　子女已成群
二、伊系中学生　任教在乡中
前后十余年　学生遍乡镇
抱病不辞辛　一心为大众
有子能如此　庆我有后昆
三、次子名树华　十五随我生
攻读在赤峰　前后七年正
嗣考包铁院　成绩列优名
四年毕业后　派在兴安岭
四、天寒不怕冻　南人能顶劲
屡次受奖励　从未有骄情
曾与同班生　订为白头吟
去冬南回时　佳侣已成婚
五、三子名怡民　他是北京生
与伊分别时　还是襁褓婴
荏苒十七载　对面互难认
去年患肝炎　忧思难放心
六、回溯十岁时　给他字与信
嘱其勤写练　嘱其时披吟
稚幼未解事　音讯两沉沦
忧之我内心　总关父子情

七、长女名怡礼　　已越成年龄
　　她是重庆生　　六岁随入凌
　　七岁至今日　　生活在北京
　　现在北医大　　有戚能照应
八、溯于分袂时　　稚幼不甚明
　　转瞬十七载　　时萦在我心
　　伊容似我父　　伊音似母音
　　思女非为别　　见女如见亲
九、次女名怡廉　　容颜如母琴
　　学习知努力　　幼评五好生
　　闻喜玩网球　　并能争上乘
　　回忆伊幼时　　含笑常带春
十、六三倩白梅　　走访探详情
　　据告有礼貌　　招待甚殷勤
　　临别频细问　　句句是真心
　　梅曾转告我　　她是女中英
十一、三女名怡心　　外祖取的名
　　　幼称小鸽子　　活泼又天真
　　　幼时常唠叨　　念念找父亲
　　　悠悠十五年　　常系我梦魂
十二、现已入初中　　却未见她容
　　　但愿勤学习　　一心向革命
　　　他年学成后　　努力为人民

如能遵此旨	可以慰亲心
十三、以上四子女	远离少音讯
有的是团员	有的系红巾
或在读大学	或是中学生
思想能进步	足慰我生平
十四、长媳施淑元	开朗并热忱
簪年到我家	草率成婚姻
迄今十余年	夫妇敬如宾
从未厌贫困	佳话誉乡邻
十五、次媳黄爱菊	她是大学生
与华是同窗	四年结同心
去冬到崇明	相见慰生平
夫妇在边陲	勠力为人民
十六、孙儿名希元	少小有精神
幼随我步行	远走似有劲
倘能勤学习	并能勤提醒
不令贪游玩	不难臻上乘
十七、孙女有两个	均有强健身
木兰与柳兰	乃是姐妹名
木兰早辍学	在社勤耕耘
长年工薪分	已抵成年人
十八、柳兰尚幼稚	憨态具天真
幼小能争理	似比其姐精

肥胖并结实　　黝黑有精神
他日成年后　　可考女飞行
十九、大侄唤盘新　　次侄名庆民
　　　盘新是农民　　今年四六龄
　　　已有四子女　　负担在一身
　　　妻室早亡过　　经年常辛勤
二十、庆民是干部　　彼系中学生
　　　与别三十载　　途遇难辨认
　　　我回伊未归　　伊归我又行
　　　人生叹有限　　沉吟直至今
二十一、另有石甫侄　　襁褓送乡邻
　　　　闻有贤孝声　　时念生身思
　　　　家居常省父　　远离时怀亲
　　　　成家在睦南　　子女均灵敏
二十二、还有堂侄子　　乳名取新民
　　　　沪上常随我　　大后共渝行
　　　　现在锡染厂　　他曾入民盟
　　　　操笔如游龙　　堪称能文人
二十三、又有一侄女　　她是淮安婴
　　　　家人唤毛毛　　以示珍宝情
　　　　幼被绿林汉　　绑放磨穴存
　　　　堂兄为承审　　查获作亲生
二十四、四顾一家人　　东西南北分

有的在天南	有的在朔北
间有住山区	亦有居海浜
当代已不认	后代更枉论
二十五、岁月不留情	我已成老人
人老心不老	我愿赛子孙
愿挑千斤担	愿奔万里程
一心为祖国	努力为人民

（三）交往：

一、悠悠此半生	愧对八尺身
回忆年幼时	庭训是谆谆
勉我此一生	成为一完人
俯今思往昔	我只泪涔涔
二、小学读书时	军阀正横行
生民叹憔悴	强邻似虎鹰
校长樊星岩	与我较接近
经常示我志	揽缠愿澄清
三、及至中学期	正逢大革命
民军似家人	认为国可兴
埋头教室里	妄想学本领
羡师金兰荪	钻研力求精
四、我入大学后	转瞬日寇侵
与师沈钧儒	来往较相亲
沪上救国会	前后均列名

时正九一八　　抗日曾请缨
五、回忆一二八　　我是学生军
　　我曾上前线　　亦曾当小兵
　　枪林弹雨里　　鏖战蕴草浜
　　驰骋淞沪道　　曾与日寇拼
六、满拟灭倭寇　　消灭侵略军
　　岂知不抵抗　　妄自签协定
　　战后入暨南　　重做大学生
　　暨大师友中　　钦敬李石岑
七、暨南毕业后　　在沪办正行
　　校长沈钧儒　　董事褚辅成
　　彼俩是我师　　我曾当主任
　　七七抗战起　　沈褚离沪浜
八、烽烟遍东南　　不忍滞春申
　　乔装绕海道　　由沪入南闽
　　坐轮被敌扣　　几致丧性命
　　潜往三都澳　　得以保余生
九、连江遇之鸥　　伊是同乡人
　　他曾在军队　　练兵闽海滨
　　与谈抗战事　　相对互唏歔
　　异乡遇兑角　　深夜话不停
十、嗣又到福州　　旋并走南平
　　南平通浙赣　　途遇李家麟

　　　他是暨大生　　与我有感情
　　　战时相邂逅　　客地倍见亲
十一、我又西南行　　曾至湘桂黔
　　　龙里遇宋安　　供职在辎重
　　　他是民盟人　　与我感情深
　　　又遇蔚然哥　　亦在民盟中
十二、万里会友亲　　同为国事奔
　　　互叙平生志　　宴饮用茅精
　　　大觥亦不醉　　感是同路人
　　　畅叙一宵后　　翌日又奔程
十三、辗转迂迴道　　我乃到重庆
　　　暨大法大友　　相互有传闻
　　　驾临谈国事　　意见有纷纭
　　　各愿摈杂见　　抗战要同心
十四、沈褚两师处　　经常去问津
　　　娓娓勤指导　　救国不后人
　　　曾遇王炳南　　亦遇周新民
　　　并晤董老等　　多半党中英
十五、济济诸师友　　集会巴州城
　　　报国各有责　　经常有讨论
　　　我系庸庸者　　未作投笔人
　　　时正局势紧　　湘桂进敌兵
十六、敌军侵镇南　　如入无人境

我恨当道者　　　不敢与敌拼
渝有人济会　　　时正寄我身
我参民外会　　　有时迎外宾
十七、济会改组后　我曾入粮政
经常任外勤　　　亲闻人民声
人民爱祖国　　　百姓愿应征
但愿有良吏　　　不愿见虎群
十八、墨吏真凶狠　贪残无人性
粮委程懋型　　　忧伤投江沉
我伫长江滨　　　时时热泪涔
同学杨训诰　　　为此叹不停
十九、胜利东归后　送眷到北平
冠盖满燕京　　　我却无容身
接收成劫搜　　　大员满街横
只见争名利　　　忘却为人民
二十、平津有美军　山姆成上宾
奸淫时有闻　　　群情恨难平
美军滚回去　　　全国一片声
独夫装未闻　　　失却国人心
二十一、旋并倚外势　撕碎渝协定
进占张家口　　　重又起刀兵
国人指战犯　　　舆论不留情
召开伪国大　　　国事更纷纭

二十二、友人吴昱恒　　经常与讨论
　　　　告些新情况　　聊以慰忧情
　　　　辽沈战役后　　瞬息占天津
　　　　庆我受解放　　得以作新人
二十三、四九建国后　　重见诸师友
　　　　有的擅司法　　有的长民盟
　　　　堂兄郭蔚然　　亦来参新政
　　　　济济多才者　　云集到北京
二十四、高检周新民　　邀我入检院
　　　　师长沈钧儒　　劝我长正行
　　　　我是革大生　　应从新命令
　　　　负囊入边陲　　以报宽厚恩
二十五、荏苒十七载　　我成关外人
　　　　初来系盛年　　华发已斑鬓
　　　　人生叹有限　　我有几多春
　　　　奋我余年劲　　不愿负人民

（四）趣旨：

一、我是海岛人　　常游大海滨
　　朝夕观海涛　　惯闻浪涛声
　　潮涨如马腾　　潮退如鱼沉
　　幼常潜海水　　素具洋海情
二、岛民怕海浪　　浪把良田侵
　　桑田变沧海　　自古有明训

　　　　每逢台风起　　　常惧遭灭顶
　　　　愧我此一生　　　治水计未成
　　三、海江鱼产多　　　春夏有鱼汛
　　　　汛起有千万　　　结队成千群
　　　　不惧捕鱼人　　　体外竞传精
　　　　纭纭万生灵　　　繁殖忘生命
　　四、我伫海岸上　　　望海常出神
　　　　幻想造巨轮　　　捕鱼千万吨
　　　　开设罐头厂　　　制罐万万听
　　　　行销国内外　　　免被外货侵
　　五、江口有暗沙　　　累累无边垠
　　　　潮退露水面　　　潮涨又暗沉
　　　　每逢春夏季　　　遥望一片青
　　　　固能围堤岸　　　变田千万顷
　　六、福山取巨石　　　建塘防水侵
　　　　东南人稠密　　　能移百万人
　　　　种植好庄稼　　　收成可供申
　　　　幼年订计划　　　泛泛成空论
　　七、沙岛产芦苇　　　满眼是青青
　　　　秋季收成后　　　半数作炊薪
　　　　苇与棉稻维　　　造纸匀且靭
　　　　固能设纸厂　　　年出千万吨
　　八、古乡潮湿区　　　夏秋疫疠盛

传染极迅速　　遍及城乡镇
医院却甚少　　罹病苦难忍
如能增医院　　苍生得救命
九、岛濒东海滨　　茫茫无边垠
　　旭日升大海　　熊熊如火轮
　　我是海边人　　常见东海景
　　幼常游海上　　日与洋海亲
十、海上有巨舰　　经常来春申
　　舰上有海军　　尽是外国人
　　我是中国人　　不忍外国侵
　　渴望有巨舰　　驱除外国兵
十一、十六绕春申　　搭轮海门行
　　　春申是商埠　　海门是乡村
　　　徐徐江上行　　尽见外商轮
　　　我是海岛人　　触景常伤神
十二、十八转沪校　　学习费苦劲
　　　孜孜无寒暑　　愿已有所成
　　　二十结业后　　升学叹家贫
　　　早晚执教鞭　　工读谋上进
十三、初攻法律系　　愿已能保民
　　　嗣研政经科　　岂能救民生
　　　岂知结业后　　素老未曾伸
　　　数年徒苦辛　　感叹愤难平

十四、沪地办学校　　借此以栖身
　　　初建创制校　　继办女正行
　　　嗣又建华南　　更招补习生
　　　矢志在教育　　以待有新政
十五、幼园至中学　　补习有专门
　　　学子有数千　　遍及沪海浜
　　　有男亦有女　　更有成年人
　　　师友互钦敬　　慰我苦经营
十六、回溯在法大　　我曾写论文
　　　主张废极刑　　借以保民生
　　　文长近万言　　句句斥权佞
　　　旁征与博引　　旨在拯民命
十七、我在暨大时　　亦曾著巨论
　　　阐明我主张　　力主救民困
　　　人民应平等　　民权不受侵
　　　引申我理想　　批判独裁政
十八、我愿祖国兴　　政治有清明
　　　岂知正相反　　倭寇日侵凌
　　　东北立伪满　　关内兼维新
　　　我曾请长缨　　愿与日寇拼
十九、金陵曾受训　　奔走在沪浜
　　　七七事变起　　日寇占平津
　　　兼职招商局　　得讯集江轮

　　　　　　沉船江阴口　　堵塞倭舰艇

二十、不料有汉奸　　泄露封锁讯

　　　　倭舰早启碇　　拂晓已逃行

　　　　权奸虽镇压　　巨谋却未成

　　　　商局闻讯后　　徒叹沉巨轮

二十一、沪战失利后　　师友内地行

　　　　我滞崇沪间　　时刻能丧身

　　　　辗转东南行　　为国献青春

　　　　绕道经南闽　　万里赴重庆

二十二、重庆是后方　　抗战有争论

　　　　我是主战者　　痛恨倭寇侵

　　　　力主捐成见　　救国应齐心

　　　　及至胜利日　　欢庆渝协定

二十三、独夫不自量　　一意竟孤行

　　　　竟撕协定文　　重又起刀兵

　　　　无怪全被歼　　倚美以保命

　　　　庆我受解放　　得以见新政

二十四、暮年回家乡　　故乡正前进

　　　　江边有海塘　　岛民免灭顶

　　　　西沙围新塘　　移民开万顷

　　　　医院亦增多　　人民少疾病

二十五、幼年我理想　　多半已实行

　　　　往来有巨舰　　不见外国兵

海空轰轰声　　尽是护国舰
慰我后半生　　亲见祖国兴

（五）勘后：

一、浩浩长江水　　日夜奔大海
　　人生如逝水　　谁也不能拦
　　我已入暮年　　早晚归大限
　　援述先人德　　以留后裔看

二、上祖郭上元　　建茔河曲边
　　河坍茔须迁　　拣骨入罐罐
　　幼观启祖茔　　茔埋两木棺
　　棺木如焦炭　　传闻遭火烟

三、祖骨粗又坚　　黄润如玉檀
　　传言祖彪壮　　乡里无从选
　　男祖从不病　　肩担越沟堑
　　女祖临分娩　　打稻劲如男

四、娩时独回舍　　包洗全自管
　　产后忙炊餐　　吃完一锅蛋
　　食毕又忙碌　　谈笑逗人欢
　　家人憩晌午　　婴啼始知原

五、高祖名勤鲁　　力田如牛犍
　　曾祖名廷宰　　兄弟均勤俭
　　祖父永山公　　诚厚勤力田
　　我父名善根　　父辈最强健

六、伊能负重担　　远挑不息肩
　　栉风与沐雨　　长年在田间
　　草帽与草鞋　　穿戴反觉安
　　布衣与布履　　反叹有违俭
七、每逢泛滥时　　常奔大海边
　　打捞淤柴片　　借省炊薪欻
　　啖粗佐素菜　　常说菜根甜
　　我父真俭约　　辛勤到暮年
八、父容如弥勒　　父心实宽厚
　　绰号老弥陀　　天生如佛禅
　　平日不伤生　　喜爱进淡餐
　　乐与儿童玩　　常陪儿孙眠
九、伯父名禅福　　立论有观点
　　邻里家人事　　片言能断案
　　为人最公正　　从不谄权头
　　平生重实际　　恨却是贪官
十、有子引吏试　　榜列第一名
　　人人都庆羡　　伯却瓜子脸
　　宣言老农家　　不应有纱冠
　　精心农家活　　逎是农家贤
十一、叔父名灿根　　矮小却精悍
　　　足胝与手胼　　宵旰不停闲
　　　诚朴又勤俭　　一生过平安

父子如兄弟　家人工作欢

十二、舅祖龚风苞　鬓白如银髯

因精书与算　车夫成主管

管账数十年　清贫到盖棺

处事因合理　贫富均称贤

十三、我母徐巧灵　出身是贫寒

自幼爱劳动　干活不避艰

长年不休息　女中难挑选

伊最怜贫困　邻右共称赞

十四、慈母至聪慧　片言能析难

婶辈有争执　趋前常问短

罹病不用药　抚摩谓能痊

哀哀我慈母　去世因患癌

十五、堂兄郭蔚然　聪明有主见

学习能钻研　每试常列冠

最初任教员　讲解比人专

嗣任司法官　辗转滇黔川

十六、一度在沪上　法大讲民权

他是民盟人　供职最高院

起草新刑法　立论有新见

留有诗文篇　披阅钦英彦

十七、外祖徐开先　恬淡并诚虔

一生常受气　却未挂心间

垂老中风眠　　痛苦不能言
他是老农民　　既贫又孤寒
十八、外祖种桃李　　熟后常去撼
累累果实茂　　下地如飞弹
群幼互争拣　　各抢红又圆
哀哀我姥姥　　已逝四十年
十九、姥言和且祥　　姥容红如丹
偶然思往昔　　音容犹在前
人生真易过　　我又变衰颜
愧我此半生　　飘萍未承欢
二十、上述诸先人　　有女亦有男
因生旧社会　　缺点是难免
唯公与廉俭　　祖德仍应羡
唯诚与勤朴　　家训并须传
二十一、人生健为先　　应该日锻炼
健康最幸福　　胜过活神仙
早睡与早起　　精神常饱满
节欲去杂念　　常能保精元
二十二、思想应前进　　不能稍落后
时刻勤学习　　公私应明辨
处处为群众　　不应己占先
固能抱此旨　　到处争称贤
二十三、祖国无限好　　河山大地绵

建设新社会　　迈步应争前

坚听党领导　　并听领袖言

边陲变新貌　　全凭己双肩

二十四、世界形势转　　红旗我已擎

更应高高举　　使敌心更寒

我固已年迈　　力冀能争先

敌如来敢犯　　我能挺身捍

二十五、世人已醒悟　　红旗要插遍

核诈已不能　　我能造氢弹

推翻旧世界　　已感不是难

借我百年寿　　愿见大同年

作者注： 本篇在"文化大革命"初被抄销毁，后三千字散失不全，于 1967年农历四月初四诞辰整理补上，80 年代又作修改，有的全部另写。

图书在版编目(CIP)数据

紫藤烂漫笑春风 / 郭树清著. —上海：文汇出版
社,2019.1
ISBN 978 - 7 - 5496 - 2396 - 9

Ⅰ. ①紫…　Ⅱ. ①郭…　Ⅲ. ①散文集–中国–当代
Ⅳ. ①I267

中国版本图书馆 CIP 数据核字(2018)第 263402 号

紫藤烂漫笑春风

作　　者/ 郭树清

责任编辑/ 陈今夫
封面装帧/ 益　平

出版发行/ 文匯出版社
　　　　　上海市威海路 755 号
　　　　　(邮政编码 200041)
经　　销/ 全国新华书店
排　　版/ 南京展望文化发展有限公司
印刷装订/ 启东市人民印刷有限公司
版　　次/ 2019 年 1 月第 1 版
印　　次/ 2019 年 1 月第 1 次印刷
开　　本/ 890×1240　1/32
字　　数/ 150 千字
印　　张/ 8.125

ISBN 978 - 7 - 5496 - 2396 - 9
定　　价/ 35.00 元